Farming life
in another world.

Presented by
Kinosuke Naito
Illustration by Yasumo

Farming life
in another world.

Presented by
Kinosuke Naito
Illustration by Yasumo

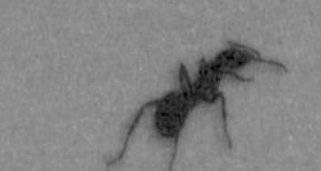

阿薩
（墨丘利種）
Asa / Mercury
芙塔
（墨丘利種）
Futa / Mercury
Farming life in another world. Volume 07

「阿薩芙塔米優。」
米優
（墨丘利種）
Miyo / Mercury

「敝人忝為
當今劍聖。」
畢莉卡・溫埃普
（人類）
Pirika-Winup / Human

「開啟傳送門。」

Farming life in another world. Volume 07

「美麗的花、美味的食物、
Farming life in another world. Volume 07

好喝的酒。」
「酒杯實在太大了……」

異世界悠閒農家

Farming life in another world.
Presented by Kinosuke Naito
Illustration by Yasumo

異世界悠閒農家

內藤騎之介

插畫やすも

Farming life
in another world.

Kadokawa Fantastic Novels

異世界悠閒農家

Farming life in another world.

Prologue

Presented by
Kinosuke Naito
Illustration by
Yasumo

〔序章〕

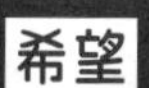

我們原本居住的村子毀於戰火之中。

幸好，大家遵照事前的避難勸告移往其他村子，所以我們村子沒有人傷亡。

不過，僅此而已。

我們失去了村子，也失去了房子和田地。

在避難的村子裡，我們是麻煩。

畢竟，不管哪個村子都沒有餘力去看顧額外的人口，光是自己過活就很勉強了。所以，雖然避難的村子表面上溫柔地接納我們，卻不曉得他們會在背後講些什麼話。唉，畢竟我們這種難民只會帶來麻煩，讓人家在背後說點閒話也不得不忍受。

更何況，這個村子原本總共有兩百人，來避難的人數和村民人數差不多，不可能不起爭執。他們應該很想把我們趕出去才對。

之所以還是接納了我們，理由在於有可能下次就輪到這個村子避難。他們必須接納我們，表示自己服從領主大人。

無論如何，我們的未來一片黑暗。

表面上彼此對等，但避難地點的村民顯然自認為高我們一等。

雖然不至於變成奴隸，但他們應該是把我們當成傭人使喚，危險的工作也都交給我們。沒辦法。

如果我們不證明自己派得上用場，就算被趕出去也沒得抱怨。

畢竟這裡不是我們的村子。

「戰爭結束之後我們就能回村裡」。

我們只能如此相信，並且努力過日子。

三年過去了。

雖然情勢似乎已經穩定，戰爭卻還沒有結束，所以我們還回不了村子。很遺憾。

而且，我們差不多也得下定決心了。

要融入來避難的村子，成為村裡的新居民過活？

還是盼望著能回到毀於戰火之中的家鄉，離開這個避難地點？

我們來避難的村子絕對算不上富裕。真要說起來算是貧困的那邊。

儘管我們也很努力，但就算從事農活的人數變多，收成也不會因此增加，只是每個人的作業時間減少而已。

要增加收成就必須闢新田，要闢新田就必須開墾還不是田的地方，營造適合種植農作物的土地。

這種事需要花上五年、十年，所以務農的人執著於土地。

光是這點，就能說明我們的存在對於避難的村子來說是負擔。

若要避免成為人家的負擔該怎麼做？

其中一個方法就是成為當地的居民。

儘管定居下來也不會減輕負擔，卻能讓人認為這些負擔能帶來利益。

要成為當地居民很簡單。

離開原出身村落成員的集會，出席避難村子的集會。將避難村子的方針擺在原出身村落之前。僅此而已。

獨身者入贅、嫁給當地人，也是個簡單明瞭的辦法。

如果以當地居民的身分幹活，地位應該會逐漸提升吧。

這個方法並不壞。

不過，也有它的問題。

那就是在自己這一代幾乎不可能有屬於自己的土地。

獨自開墾的田地應該能主張是自己的土地，但以現實來說幾乎不可能。

開墾是全村的工作。這麼一來也就表示新闢的田地屬於全村，是村子把田地交給我們照料。

以前自己擁有一片田的人，能夠接受這種事嗎？

如果認清現實就會明白只能接受，但是內心的想法沒這麼單純。
更何況，來避難的村子離我們原本的村子太近了。

如果不願定居就只能離開。
可是，離開又能怎麼辦？有地方可去的已經走了；還待在這裡的都沒有什麼親朋好友能投靠。
能夠當個冒險者賺日薪過活還算好，大半都會淪為惡徒。
而且，要整合全村的意見想來是做不到。就連以家庭為單位都很難。
…………
打從一開始就沒什麼選擇。
就算內心無法接受，為了活下去依舊只能成為這裡的居民。

就在我開始這麼想的時候。
領主大人的使者來到我們避難的村子。
一時之間，我還以為有希望能回到原來的村子；實際並非如此。
根據使者的說法，是要為我們介紹新的避難地點。
詢問詳情之後，似乎是「夏沙多市鎮」附近要建立新村，正在招募村民。領主大人派人來告訴我們這件事，問大家要不要報名。

從它並非命令看來，應該是領主大人的一片好意吧。
那麼，村裡的大家聽到這件事之後，會怎麼做呢？
我？那還用說。
我要去。

雖然承蒙避難的村子許多關照，但我沒辦法成為這個村子的一分子。
這三年讓我充分理解這點。
縱然新村子不見得會比這個村子好，但是一直懷念原來的村子也很難受。
我想去一個全新的地方，挑戰新生活。
問題在於前往那個地方需要的旅費……領主大人要幫忙搞定？咦？真的嗎？感激不盡！
還有，讓我們來避難的村子，這段時間多謝關照！我不會忘記這份恩情。
儘管得和留下來的人道別，但是只要活著就能見面……怪了？要去的人還真多耶？來避難的人幾乎全都去啊？
我知道了。
大家就在新天地一起努力吧。

01
02
03
04
05
06
07
08
09
10
11
12
13
14
01
Farming life in another world.
Chapter, 1
Presented by
Kinosuke Naito
Illustration by
Yasumo
〔第一章〕
「五號村」與劍聖
01.加爾加魯德魔王國領 02.北方大陸 03.加雷特王國 04.加魯巴爾特王國 05.戰線
06.加爾加魯德魔王國 07.王都 08.死亡森林 09.大樹村 10.德萊姆的巢穴 11.鐵之森林
12.夏沙多市鎮 13.福爾哈魯特王國 14.南方大陸

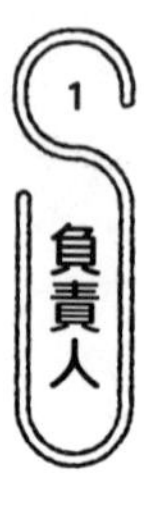

早上，巡完田地之後。

吊床。

將布或網子吊在半空中形成的床。不，或許只是我擅自當成床，實際上還有別的用途也說不定。

我腦中已經有成品的畫面，所以試著做做看。

地點……就設在野外吧。說起吊床就會想到野外。

在自家庭院樹蔭下立兩根柱。簡單簡單。

接著在兩根柱之間搭上布或網子就完成……相當困難。

不過，反覆嘗試與錯誤之後總算搞定。

由於網子弄到一半就纏住了，所以成品是布製吊床。

嗯，完成度不差。唉呀，現在安心還太早。使用吊床也需要技巧。首先，從側面……唔嗯，哇……

這什麼玩意兒啊，好難。

「村長，您從剛剛開始就在做什麼呀？」

高等精靈莉亞不知不覺間已經出現在我身邊。

「呃……我想用吊床啦。」

只是被甩到地上而已。請別在意。

「吊床……這樣對吧？」

莉亞輕鬆地上了吊床，然後躺下。

「爬上吊床的訣竅呢，就是直的上去不如橫的上去，再不然就斜的。」

「呃……妳知道吊床啊？」

「是啊。在森林裡生活時會用。」

原來是熟能生巧，那就沒辦法了。

「這是什麼？這是什麼？」

烏爾莎、古拉兒、阿爾弗雷德與蒂潔爾跑來。今天的課似乎上完了。

「可以搖晃著睡覺的地方。別急，爬上去是有訣竅的喔。」

…………

每個人都輕輕鬆鬆就爬上去了。感覺上是這樣。

由於孩子們占領吊床，所以到此為止。

我看向莉亞。

「妳特地跑一趟，有什麼事要找我嗎？」

「差點忘了。芙勞要召開『五號村』的會議，所以我來找村長。」

「村子的名稱還沒決定喔。」

芙勞說的「五號村」，就是那個設置傳送門的村子。計畫已在不久前正式展開。

「方便起見。」

「感覺會就這樣變成正式名稱呢。」

「既然如此，先想好新村子的名字怎麼樣？」

嗯……也對。舉例來說……

「門村。」

「建村是要隱瞞傳送門的存在對吧？」

對喔。算啦，暫時用「五號村」就好。

烏爾莎、古拉兒、阿爾弗雷德與蒂潔爾。午飯時間快到了，注意別跑太遠。

呃……負責顧孩子的是小黑三你們嗎？抱歉，拜託嘍。

我前往會議室。至於會議內容，當然是「五號村」的相關事宜。

「這咖啡真好喝耶。誰泡的？」

「我費了很大的工夫。」

「確實很香呢。」

「雖然咖啡也不壞，但是我比較喜歡紅茶。」

「咦～紅茶不是很澀嗎？要加一堆糖又讓人有點抗拒。」

「我拿茶點來嘍～」

「要在午餐前吃？」

「點心另外算啦，另外算。」

場面很熱鬧。

…………

「『五號村』相關的事怎麼樣了？」

我一說出這句話，會議室立刻安靜下來。

文官少女組基本上做事認真，有芙勞在的時候更是如此。所以，雖說她們平常就會在會議室裡閒聊，不過逃避現實到這種地步相當罕見。

我詢問理由。

呃……魔王國送來的負責人名單上都是些大人物，讓大家很怕？所以才逃避？大人物是指……兩位前任四天王嗎？不是？他們地位很高沒錯，但是底下還列了一批狠角色？這是怎麼回事？完全搞不懂。

我記得前任四天王的孫女也有參加這個會議對吧？差不多有三個。麻煩派一個當代表說明一下。

「好、好的。呃……舉例來說，列在名單上的這一位，柴亞修大人。他是前當家的親信，在前當家以四天王身分活躍時，一肩扛起領地的經營事務。」

「所以是位能幹的內政官？」

「是的。但是，當年他努力過頭導致外界怨恨，招來其他領地的阻撓。」

「阻撓啊？不管在什麼地方，都有覺得扯後腿比自己努力來得輕鬆的人呢。」

「很遺憾，但事情確實如此。而且，柴亞修大人非常厭惡這種行為……他曾經孤身前往扯他後腿的領地，把相關人士全部揍了一頓。」

「呃……他是內政官對吧？」

「是內政官。」

「只不過，故事還沒結束。因為是領地與領地之間的爭執，所以身為上級的魔王大人出面了。原本魔王大人應該要公平中立，但是魔王大人指派的負責人收了對方的賄賂。那位負責人單方面認定柴亞修大人是『惡』，被他揍了一頓。」

…………

「雖說那人有錯在先，但對方終究是魔王大人派出的使者，於是懲罰部隊理所當然地出動了。然而，部隊照樣被擊退，最後是由當時的魔王大人與眾將軍親自出面，倒了兩個將軍之後才壓制住他。」

「讓他當將軍不是比較好嗎？」

「或許是吧。總之，柴亞修大人有過這樣的經歷。」

「原來如此。的確很恐怖呢。」

「然後這份魔王國方負責人名單裡頭的成員……扣掉兩位前任四天王之後，這位柴亞修大人是裡頭最收斂的。」

「……魔王國的文官都喜歡動武嗎？」

「畢竟當年是個要有一定程度武力才能好好做事的時代嘛。」

換句話說，這份由魔王國提出的負責人名單，列了一批曾經在這種時代活躍的文官。文官少女組看見之後嚇了一跳，不知該如何是好。

順帶一提，當時的四天王似乎保住了遭到壓制的柴亞修，讓他繼續經營領地。而且，同樣的事件之後又發生兩次。

嗯～我也會怕。我不想應付這種人。這麼做或許合理，但是暴力可不行。像這種時候，就要拜託本村的外交負責人拉絲蒂……不過她現在懷孕中。

這麼說來，她好像差不多要生了。德斯和德萊姆造訪的次數變多了。雖然我懂你們的心情，但還是希望儘量別帶給拉絲蒂壓力。

還有，德斯。別對基拉爾炫耀還沒出生的曾孫。話說回來德斯也好，基拉爾也罷，你們來得還真頻繁呢。

基拉爾或許是想來看古拉兒，但是這樣沒問題嗎？沒問題？那就好……………唉呀，不行。這就是在逃避現實吧。

嗯……雖然拖延下去也不會解決問題……總之就先吃午飯再說吧。吃完午飯之後就面對現實，不要逃避。

我去叫烏爾莎他們吃午飯，卻發現他們四個在吊床上睡著了。

仔細一看，吊床的各個地方似乎都有小座布團的絲線撐著，維持著平衡。我揮揮手表達感謝之意。

啊，幫忙顧孩子的小黑三你們也是，謝啦。

雖然好像睡得很舒服，但是抱歉，要吃午飯了。你們四個該起床啦。

午餐後，會議繼續。

總之，我打算先決定我們這邊的負責人。

實質負責人。如果沒人自告奮勇，我準備抽籤決定……不過有幾位文官少女組說「請稍等一下」並走出會議室，不久後抱著獸形態的陽子走回來。

「由陽子小姐擔任『大樹村』這邊的實質負責人。當然，我們文官少女組會全力支援。」

我問陽子行不行。

她回答沒問題。似乎沒有賄賂或私下交易。

陽子啊……

雖然不壞……但是她住進村裡的時間還不長。這樣好嗎？可能是把我的不安當成不滿了吧，陽子化成人的模樣。

「放心交給我吧。」

雖然比獸形態來得有說服力，但是為什麼全裸？也因為這樣，芙勞她們遮住了我的眼睛耶？保留魔力？因為衣服是用魔力做的？最近一直維持獸形態是為了恢復魔力？原來如此。

陽子恢復獸形態，我的眼睛得以獲得解放。

她乖乖坐在我眼前等待。雖然可愛，眼神卻很堅定，感覺可以信賴。反正看來也沒有其他人自願，就交給她吧。

文官少女組，就拜託妳們支援嘍。嗯，答得很好。

好啦，在商量細節之前。

剛剛我眼睛被遮住時，有人舉止不太檢點對吧？說得精確一點，有人摸了我的屁股。從實招來。放心，我知道，不止一個人。至少有三個。

放心吧，我不會處罰妳們。要罰妳們的人是芙勞。拜託嘍。

…………

啊～慢著。犯人之一查出來了。芙勞？妳在幹什麼啊？呃，妳說有機可乘……妳啊……

對於芙勞和自首的四人，我處以今天沒點心吃之刑。

會議結束，我前往吊床所在地。

因為有點累了，所以我想休息一下……但是床上已經有酒史萊姆和貓，看起來睡得很舒服。

…………

我放棄休息，去巡田了。

2 設置傳送門

在我面前站著中年管家、女魔法師與幼女僕。

中年管家是阿薩．佛格馬。

他的頭髮斑白，給人工作辛苦但做事一絲不苟的感覺。特徵是臉上那副裝飾用的無度數圓眼鏡。

女魔法師是芙塔．佛格馬。

正確說來好像不是魔法師而是占卜師。但她會用魔法，所以似乎不需要在意。

外表看起來超過三十歲，在村裡相當少見。胸部不怎麼突出，但我不會特地把這種話說出口。這點分寸我還懂。

幼女僕是米優．佛格馬。

外表看起來……七、八歲？和現在的烏爾莎差不多吧。

雖然不曉得大約幾歲算是幼女，然而當事者自我介紹時說是幼女僕，我也只能接受。不過，烏爾莎即使穿上女僕裝我也不會這麼形容就是了。

三人和「四號村」的貝爾與葛沃一樣是墨丘利種。

雖然他們能夠行動已經有一陣子，不過學習現今的常識似乎花了點時間。至於教他們這些事有多辛苦……看看貝爾疲憊的臉色就知道了。留在「四號村」的葛沃想必也花了不少力氣吧。真的是看家？應該不是累倒吧？好乖、好乖，別哭。辛苦妳了。要喝點紅茶嗎？啊，自己泡？如果這樣能排解壓力倒是無妨啦。

可能是貝爾和葛沃教育有成，三人沒有什麼奇怪的舉止。很正常。

是不是就按照他們的外表，將他們當成管家、魔法師……不對，是占卜師與女僕看待比較好啊？

「我們什麼都做得到。」

「什麼都做得到」是不是講得太誇張了？

……

內政、外交、家事與戰鬥，好像什麼都做得來。

如果是真的可就厲害了。

讓這種人才擔任傳送門的管理員？會不會太大材小用啦？

目前傳送門的管理工作，迷宮這邊是由半人蛇族、巨人族，以及阿拉克涅——阿拉子努力扛起。

於是三人將負責管理傳送門的另一邊……不過他們似乎有點擔心，認為傳送門管理員至少該有他們這種水準。這麼說或許也沒錯。

要有善加運用設施的能力，還有以防萬一的戰鬥力。說是這麼說……先讓我看看你們的戰鬥力吧。

呃～就找小黑牠們……啊，牠們不行？那麼，格蘭瑪莉亞……她也不行？這麼一來……該怎麼辦才好呢？

戰鬥力還輸給格魯夫耶？再一次？這倒是無妨……格魯夫，拜託了。啊，別的人比較好？格魯夫，麻煩推薦個人選。貝爾泡的紅茶真好喝啊。再來一杯。

「說什麼都做得到是太誇張了。非常抱歉。」

呃，我不是要你們賠罪啦。

只是想弄清楚你們的實力到什麼程度……不過，這種實力沒問題嗎？

我和格魯夫商量。

「由我來說雖然有點怪，但我認為還不壞。而且三人的動作，顯示出他們很了解自己的體格。」

格魯夫表示，他們在武器、格鬥與魔法方面都有一定水準。

…………

最後能和三人有來有往的那些獸人族女孩，其實很厲害？

「這就難說了。畢竟在『好林村』每個人都差不多是那樣。」

這麼一來，代表三人的實力相當於「好林村」的一般水準嗎？

總而言之，就讓他們當傳送門管理員，如果覺得實力不足就幫忙村裡的雜事。啊，這種情況的話是不是要送他們回「四號村」呢？嗯……

三人過來的目的，並不是單純露個臉。

而是為了設置傳送門。

第一次帶有實驗性質，要試著將「大樹村」的迷宮和「溫泉地」連結起來。

「迷宮這邊已經準備好了，只要將這塊石頭拿去目標地點『溫泉地』就好。」

就是那塊指定座標用的石頭。

步驟呢，就是將指定座標用的石頭設置在想要傳送的地點，然後回到出發點迷宮這一頭啟動裝置。

啟動之後，就可以自由往來……

但是一開始必須來回跑還真麻煩呢。

如果始祖大人或比傑爾在就輕鬆了，但是人不在也沒辦法。

找人商量移動方法後，由哈克蓮負責載我們過去。謝謝妳。

我、貝爾、阿薩、芙塔和米優，以及格魯夫、露與莉亞，坐在哈克蓮的背上來到「溫泉地」。嗯，好熱。

但是，努力工作的死靈騎士們也在現場。必須打起精神。

好久不見了，有沒有出什麼問題？今天是來設置先前提過的傳送門。嗯，這樣要來參加慶典和武鬥會就簡單多嘍。

死靈騎士們跳起喜悅之舞。跳是跳了……嗯，雖然很熱情，但是怎麼看都像在詛咒別人。一首曲子就夠了啦，別開始跳第二首。

獅子們？不不不，不用叫牠們沒關係。健康就好。

我往以前想好的地點移動。

住宿設施的南邊。我打算在這裡設置傳送門。

目前雖然是野外，不過預定會在設置完畢後用建築圍起來。

如果不這麼做，下雨或降雪時會很麻煩，魔物與魔獸闖進來也很危險。

在這邊管理的人，應該也會覺得室內比野外來得好吧。

「就環境方面來說，我打算今後好好整頓一番……誰要負責？」

「這裡由我來。」

中年管家阿薩舉手，於是交給他了。

「千萬不要逞強。」

「是。我會努力不辜負您的期待。」

我請負責這裡的阿薩設置座標用石。

雖然誰來都一樣，不過這是心情上的問題。

所以露，別用那種表情看我。

設置完畢後，畢竟難得來一趟，所以大家泡起溫泉。

當然，男女分開。

男湯有我、格魯夫、阿薩與死靈騎士。

嗯，感覺不壞。

唉呀，我已經說不必叫人家來，結果還是把獅子們叫來了嗎？獅子嘩啦嘩啦地泡進熱水裡。雖說無妨就是了。

母獅子……算了，也罷。放輕鬆吧。

啊……不小心泡得有點久。真想在這裡放一臺會吹冷風的裝置啊。
格魯夫，還活著嗎？不用勉強陪我喔。
哈克蓮似乎沒事呢。露與莉亞也表示沒問題。三人都剛出浴，顯得很性感呢。
貝爾、阿薩、芙塔與米優……嗯，不要勉強。畢竟移動就能把汗吹乾了嘛。

回到「大樹村」，我們前往迷宮第四層。
在阿拉子的帶領下，移動到設置傳送門的第五層。
啟動這裡也是拜託阿薩。
事情不怎麼難。只要讓啟動用的石頭運作就好。

啟動用的石頭輕飄飄地浮起，沒發出什麼聲音。
接著，一道光之門……或者說光板隨之出現。
看上去需要用到很多魔力，但是消耗量意外地少。需要的魔力會以設置在地板上的石頭從大地蒐集。因此啟動之後，只要不將它關掉就能永遠使用。
「那麼，由我確認一下。」
阿薩對光板伸出手。

手進入光板裡。

阿薩就這麼往前走，身體也進到了光板之中。

……

他很快就回來了。

接著，死靈騎士跟著現身。

看樣子已經順利連通了。

「傳送門順利啟動。」

阿薩向我報告。

死靈騎士，喜悅之舞只能跳一首喔。

哎呀，獅子們也來啦？真拿你們沒辦法呢。

接下來一段時間，村裡流行去「溫泉地」玩。

3 「五號村」建設中

以傳送門連通「大樹村」和「溫泉地」之後，就能了解到它有多方便。

原本徒步需要數天，乘坐哈克蓮也需要數小時；如今只需要花費前往迷宮設置地點的時間。這點真的很方便。

雖然方便，但是該做的事依舊非做不可。

首先，是用建築把「溫泉地」的傳送門圍住。

因為有傳送門，可以從「大樹村」送作業人員過來，所以轉眼間就完成了。

我請他們順便整修「溫泉地」的住宿設施和更衣室。

由於多了以傳送門過來利用設施的人，所以還得增加放衣物的籃子和裝熱水的木盆才行。這部分就由我來做吧。

毛巾也得增加，但是這些必須拜託座布團。

還有，要讓死靈騎士與獅子一家露個臉。

慶典和武鬥會來過的死靈騎士和獅子先不談，其他人一直待在「溫泉地」嘛。而且來過「溫泉地」的人也有限。如果不打聲招呼，可能會有人動手或捱打。我希望能減少不幸的意外。

嗯，利用「溫泉地」的人增加，死靈騎士和獅子們似乎也很開心。

想要的話，你們也可以來「大樹村」喔。

「溫泉地」端的傳送門管理員是阿薩。

迷宮端的傳送門管理員是半人蛇族。

使用傳送門的基本規矩，則由我和文官少女組商量後決定。

雖說訂了規矩，但其實並不難遵守。只有兩條。

第一，使用者要將名字與目的告知管理員，由管理員記錄下來。

第二，十歲以下的小孩，沒有大人陪同不得使用。

僅此而已。

第一條，是「魔王國」也提過的使用者管理。

雖然也考慮過限制人數或通行證，不過關於「溫泉地」的部分，我想暫且開放大家自由使用。要管制等出問題之後再說。

第二條，則是因為讓小孩們使用，他們的行動範圍會一口氣擴張太多。要是傳送到別處後碰上麻煩，和在村裡時不一樣，大人可能來不及救援。

「大樹村」和鄰近地區有小黑的子孫們和座布團的孩子們看顧，但是傳送到別處之後就難了。為了孩子們的安全起見，所以我禁止孩子們自行使用。

當然，孩子們表示不滿。抱歉。但是，只要和大人一起就沒關係喔。

順帶一提，我要求每一個小孩都需要有一位大人陪同。小黑的子孫們與座布團的孩子們也視同大人，所以應該不算太嚴格。

要說會有點問題的，就是史萊姆們。

「大樹村」裡許多地方有史萊姆，但是迷宮建成之後，裡頭同樣有了史萊姆。

這些史萊姆也會移動到有傳送門的房間。

換句話說，問題就是該不該准許史萊姆們使用傳送門。

…………

我煩惱了一陣子，不過最後還是決定需要保護者陪同。換言之，史萊姆視同小孩。

酒史萊姆特別給予許可。因為牠很聰明。

還有，動物們……貓和寶石貓珠兒沒關係，但是小貓們不行。

實際開始運用傳送門之後，冒出了許多問題。

所以，我請負責管理的阿薩和半人蛇族把碰到的問題記下來，如果規則有什麼需要改善的地方就提出意見。

我透過「溫泉地」路線觀察使用情形，同時思考在魔王國領內的「五號村」設置完傳送門會是什麼樣子。

暫訂名稱「五號村」，正式名稱募集中。

為了隱藏在魔王國領內設置的傳送門而建村，計畫正式開始進行。

在不久前的討論階段，「大樹村」對於此事感覺都還很消極；但是開始啟動之後，大家都表現得很積極。似乎是認為要做就認真做。

總而言之，先把村子的區域劃分好，決定傳送門大概設置在何處。那裡將成為我的宅邸。

原本想說蓋一間小屋子就好，但是人家用「這是為了隱藏進出傳送門」為理由說服了我，因此會蓋一棟相當大的豪宅。

決定區域劃分之後，魔王國的人主動表示希望由他們來設計。

確實，與其讓我憑感覺去弄，不如由魔王國領的人處理應該比較好。我只要求別讓建築太密集以防火災，剩下都交給他們。

就我接到的聯絡，進展似乎相當快，希望移居的人也有部分開始移動了。事情順利真是再好不過。

不算順利的部分，則是周邊清掃。

周邊清掃是指大掃除嗎？有那麼髒嗎？

一時之間我還以為是這樣，不過根據文官少女組的說法，似乎是指排除將周邊當成勢力範圍的魔物與魔獸。

雖然僱用了大批冒險者以搜山的規模進行，但是進度比預定來得慢。

所幸，魔物與魔獸沒有傷到建村人員與希望移居者，但魔王國方十分惶恐地表示希望我們能幫忙。

和文官少女組商量後，決定派出格魯夫、達尬、五名蜥蜴人與五名高等精靈。

我個人想讓小黑的子孫和座布團的孩子們過去，但是遭到反對。

反對理由是「會為『五號村』引來負面的關注」。

會這樣嗎？

不過，意見畢竟是來自出身於魔王國領的文官少女組，所以我接受了。

格魯夫他們乘坐哈克蓮移動，會在德萊姆的巢穴住上一晚，預定花兩天移動。

另外芙塔為了設置傳送門的指定座標用石，也會一併同行。

設置完畢後，芙塔會和哈克蓮一起回村，準備啟動傳送門。

格魯夫等人則預定以「五號村」為據點，在當地忙上一個月左右。

「會儘快搞定啦，畢竟我還想參加武鬥會嘛。」

「這我懂，但是注意別受傷了。」

「那當然。我不會逞強。」

「拜託啦。還有，麻煩想一下『五號村』的正式名稱。」

「『五號村』不行嗎？」

「雖然我們知道是什麼意思，但是對魔王國的人來說，會是個突然從五開始的怪名字吧？」

「可以蓋五座巨塔之類的。」

「……原來如此。」

「開玩笑的啦。我會想想看。」

格魯夫他們出發了。

……五座巨塔嗎？

要是塔沒辦法，五座雕像呢？

或是把村子的象徵弄成五邊形……和想名字比起來，這麼做會不會比較輕鬆啊？

不好，想太遠了。

我也有請魔王國那邊想個正式名稱，聽完那邊的意見再說吧。

想到這裡時，我接到拉絲蒂即將生產的報告。

間話　普通的人類冒險者

我的名字叫貢多，是個人類。

在遠方的人類國家以冒險者身分揚名之後，我為了賺錢來到「魔王國」。

人類國家有什麼國境、領境之類的東西很麻煩，但是在魔王國基本上可以自由通行。當然，魔王國雖然也有領境，但是他們不太會囉嗦。只要登錄為冒險者，大多數的地方都能去。

另外，這裡不會看不起冒險者，所以戰鬥能力到了一定程度的人，一般來說都會以魔王國為目標。

我也是其中之一。

然而，最近實力不足卻還是以魔王國為目標的冒險者也變多了，令人感到嘆息。

不過嘛，這種人自然會消失就是了。

畢竟這裡是「魔王國」，魔物與魔獸的強度比起人類國家要強上一兩截。

這個「夏沙多市鎮」周圍還算好，不過因此得意忘形的人會遭到教訓，這種話題已經算得上稀鬆平常了。

因此，給登錄為冒險者的人一番嚴格的洗禮，成了冒險者們的習俗。也多虧了這樣，「重登錄」這種逃避的藉口流行起來，實在是很好笑。

成為冒險者之後又失去資格，這種事非常罕見。雖然罕見，卻也不是真的沒發生過就是了啦。

好啦，我目前參加了一個由十二人組成的冒險者團隊擔任隊長。

雖說身為隊長，卻不代表什麼事都由我說了算。特別是冒險者的工作往往需要拚命，接工作的時候我都會和同伴商量。

「這個委託說要建新村，想找人處理周邊的魔物和魔獸……但是不曉得要對付的魔物和魔獸有多強對吧？沒問題嗎？」

「不會是拿建村的名義，要冒險者做些危險的工作吧？」

「報酬相當優渥，確認過真假了嗎？」

同伴們紛紛表示懷疑。

團隊裡沒人會因為有所顧慮而不敢質疑我。畢竟沒人想因為顧慮而死吧。

「因為隊長選的工作往往很過分嘛。」

總而言之，我用臂力回應單純的損人。

「建村是真的。好像是什麼很有來頭的貴族要隱居。因為事情扯上貴族所以報酬優渥。還有，雖然指名我們，但是另外還找了好幾個團隊，一般冒險者也能參加。我想應該不會是太亂來的工作啦。」

更何況，要建村的地方不可能有什麼很強的魔物或魔獸。

與其處理掉牠們再建村，不如把村子建在沒有這些玩意兒的地方來得安全。

在我看來，大概是那個要隱居的傢伙拿魔物和魔獸當理由挑毛病，保險起見才會要冒險者處理。

不管怎麼說，報酬優渥。除此之外，人家連住宿地點和吃飯都安排好了，還會視魔物與魔獸的質和量支付追加報酬。

同伴們儘管有很多意見，最後多半還是會接下來。之後將有段時間吃不到的咖哩，就先吃個夠吧。

委託內容沒有騙人。

住宿地點很乾淨，也有供應三餐。如果要求，連消夜都會提供。

也有其他冒險者團隊在。總數……超過兩百人吧。

即使如此，依舊不用擔心沒地方睡，吃的東西也沒變少。

叫做「基地」的總部後頭堆著大量木箱。如果那些箱子全都裝滿東西，代表這個委託相當認真。

原先感到不安的部分，一個個解決了。

但是，還剩一個。只有魔物和魔獸的強度這點，讓人無法放心。

於是，等到接下這個委託之後第一次發現魔物，我就後悔了。

「騙人的吧——！」

同伴放聲慘叫。

雖然這人在魔獸面前表現得像個外行令人想發火，但我明白他的心情。

那是戰熊（War Bear）。

據說要打倒這傢伙，至少需要犧牲三十個士兵。這種強大的魔獸，來了三頭。

其中一頭比較小，牠們是一家人嗎？或者比較小的是母熊，另外兩頭公熊正在搶奪異性？無論如何，三頭熊都對我們展現敵意，我們難以逃脫。

「全員備戰！要上嘍！最後面背行李的！把行李丟掉衝回基地！去叫援軍！」

我們已經盡力了。

幸好我們順利撐到援軍抵達，途中沒有人死亡。雖然沒死人，卻有很多傷患。我的雙手也掛彩了。

來增援的那些傢伙也很悽慘。

儘管如此，依舊連一頭戰熊都沒解決掉，只能趕走牠們而已。

我為接下工作感到後悔，並且回到了基地。

基地有完善的治療等著我們。

平常要求治療會收很多錢的治療師，毫不吝惜地為我們施放治療魔法。

治療費用由委託人支付。雖然很感謝，不過這就表示：除非我們死亡，否則委託要繼續下去對吧？

在這種狀態下沒辦法放棄委託，畢竟身上的傷全都治好了。如果沒有正當理由就放棄委託，會遭到處罰。

不過，還真是遺憾啊。

特地治好我雖然讓人過意不去，但是我沒有武器。

我的主武器和副武器都沒了，只剩下解體用的短刀。防具也破破爛爛，總不會要我用這種狀態去戰鬥吧？

儘管可能多少要受點處罰，不過這是個無法繼續執行委託的正當理由。

人家為我們準備了新的武器和防具。

武器比我原本用的還要高級，尺寸、形狀也是一應俱全。武器匠還為了調整而在旁邊待命。

防具也一樣。防具匠為了調整，在旁待命。

……被擺了一道。

我用治好的雙臂抱頭叫苦。

根據其他冒險者的說法，危險的對手不止戰熊。

擬態成樹偷襲的樹殺手、從樹上撲過來的捷豹野牛、會用一擊必殺踢的兔腳、能施放魔法的奇異生物金輪、從地底突襲的三十公分長蜈蚣凱塔，以及不分晝夜從空中來襲的扣鴉。

每一種都是會支付高額報酬請人對付的魔物或魔獸。

當然，也有其他的魔物和魔獸。雖然比起這些要來得弱，卻也不能掉以輕心。冒險者們必然會聚在一起，藉由團體作戰對付牠們。

認識的人和不認識的人全都攜手合作。儘管進度緩慢，依舊一隻又一隻地勉強解決魔物和魔獸。

解決掉一頭戰熊卻沒人死亡時，大家爆出一陣歡呼。

然而，委託人似乎對我們的進度感到不滿。

儘管委託人沒有公開對我們表示不滿，但是聽到他們找來了新的冒險者就能明白此事。

平常如果發生這種事，大概會因為對方不信任我們而發火，但是這次不一樣。

老實說追加冒險者實在幫了大忙。雖然對新來的冒險者過意不去……

我決定大方提供我們蒐集到的情報。

新來的冒險者是格魯夫。

武神格魯夫。

不穿防具，以木劍為武器，在夏沙多市鎮武鬥會上展現出壓倒性的強大，並且贏得優勝的冒險者。

那個格魯夫拿著一般的武器、穿上防具，而且還帶著同伴。

我當下覺得實在是幫了個大忙。這種想法沒有錯。

雖然沒錯……但是看見他在森林裡單獨行動，把我們費盡千辛萬苦才打倒的魔物和魔獸輕鬆撂倒，那個……讓我的心好痛。

雖然我們也會按照所解決魔物、魔獸的質與量領到追加報酬……可是一點也不開心。

而且，休息時看見那個格魯夫被人家拿劍輕鬆玩弄，令人想哭。

那群蜥蜴人是什麼來頭？那些女的難道不是普通精靈嗎？咦？我們也可以參加練習？

……………

我覺得自己很努力了。而且我現在明白，人外有人。該認清自己的分量，活在屬於自己的範圍裡嗎？不，我是冒險者！我想要盡可能了解那種強大的祕密！我的隊友似乎也有同感。

總而言之，再一次！可以的話，請讓我和格魯夫先生團隊裡最弱的人……咦？格魯夫先生是最弱的？又來了～格魯夫先生是隊長吧？

會擔任隊長，是因為登錄為冒險者的只有格魯夫先生？原來如此。哈哈哈。

人生有時候也需要撤退！哇，被包圍了！

希望我有稍微變強一點。

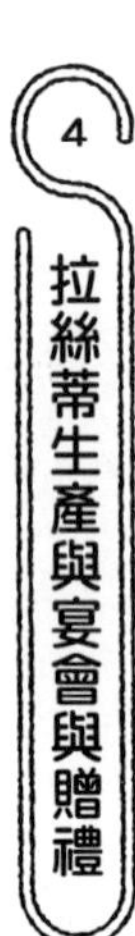

4 拉絲蒂生產與宴會與贈禮

聽說龍族懷孕時會變得很凶暴，但是完全沒有這回事。大概是因為待在旁邊的布兒佳與史蒂芬諾很努力吧。

要說有什麼不一樣，就是拉絲蒂想要大量柿餅……不過還在懷孕期小小任性的範圍內吧。我努力為她做了。

只不過，希望她能維持飲食均衡。因為愛吃就只吃這些東西可不好。

以上是小小的回想。

拉絲蒂的生產非常順利。

生了個女孩子，名字叫做拉娜農。命名者是拉絲蒂，由來似乎取自拉絲蒂之母葛菈法倫那邊的祖先名字。

大概是認識吧，聽到拉娜農這名字時，德斯和基拉爾有段對話——

「什麼名字不取，偏偏用那個萬惡老太婆的名字……」

「不，換個方向思考……這麼一來，不就能用這個可愛的孩子蓋掉那個令人不舒服的名字嗎？」

「哦哦，這麼說也對。嗯……就把她養成一個黏爺爺的孩子……不，黏曾爺爺的孩子吧。」

「拜託也讓她對我溫柔點喔。一想到那個老太婆，當年被她烤過的背就……」

「我懂，我懂啊。」

…………詳情還是別問了。感覺會講很久。

德萊姆與葛菈法倫的欣喜簡單易懂。

德萊姆在庭院跳舞。他跳得很專心，一旦累了，看看拉娜農的臉便立刻復活，然後又跳了起來。

葛菈法倫抱著拉娜農不放。

對於其他人「讓我抱一下」的要求，她會笑著拒絕。嗯，雖然是人類模樣，總覺得能看見背後有一頭生氣的龍。

好歹讓拉絲蒂抱抱孩子啊。還有，拜託也讓我抱一下。

生下拉娜農之後，拉絲蒂依舊暫時維持大人模式的外表。似乎是這樣比較方便抱孩子。原來如此。

拉娜農這個名字不壞，但是有點難唸。該叫她拉娜嗎？還是把「拉娜」的尾音拉長一點好呢？這或許只是個微不足道的小問題，卻令人十分煩惱。

…………

大家都叫她拉娜。讓嬰兒混亂不是好事，所以我也決定叫她拉娜。

慶祝生產的宴會開始了。

但是，不久前哈克蓮和格魯夫他們才前往「五號村」支援，所以規模比較小。

至於規模比較大的，就等到下次武鬥會再辦吧。

阿爾弗雷德、蒂潔爾、利留斯、利格爾、拉提、特萊因、火一郎、芙拉西亞、賽緹，她是你們的妹妹。要對她溫柔一點喔。

烏爾莎、古拉兒也拜託嘍。啊，一重也是。

看著圍繞在拉娜身邊的孩子們，讓我體會到自己的兒女真不少。

…………

還會增加嗎？會增加吧？畢竟該做的事都做了，應該會增加吧？再闢些田是不是比較好啊？得好好養育孩子才行。

拉娜出生的數天後，哈克蓮和芙塔一同回來了。辛苦了。

我為拉娜誕生宴辦在兩人離村期間道歉。哈克蓮似乎不介意，芙塔則是不客氣地要酒喝。

「宴會上有酒對吧？對吧？對吧？」

我苦笑著為芙塔舉行一場小小的酒宴，參加者包括全體矮人。

嗯，從這一刻起已經不能算是小小的酒宴了呢。此外還有德萊姆、葛菈法倫、德斯與基拉爾等龍族成員，以及工作完的居民……啊，哈克蓮也要參加對吧。

繼哈克蓮之後，孩子們也跟著參加，所以成了普通的宴會。

不准對孩子們勸酒。不行，喝果汁忍耐一下。

鬼人族女僕們因為人手不足而慘叫，於是我也加入廚房工作。畢竟原本要辦酒宴，因此都以適合下酒的料理為主嘛。如果是普通的宴會，就需要普通的料理。

這麼一來……

我試著烤了準備在夏沙多大屋頂販賣的披薩。當然，是用石窯烤。

考慮到材料取得的問題，所以是以蔬菜披薩為主，但似乎沒什麼大問題。

至於小問題……

「我要上面有放肉的。」

則是陽子挑嘴。

小黑的子孫們在陽子背後不好意思地看著我。

我知道了。晚點我會烤有放肉的披薩。陽子，妳要幫忙把食物端去宴會場地。

小黑的子孫們……如果不覺得無聊，可以在旁邊等喔。

宴會期間，從南方迷宮來了十位半人蛇族。原本以為出了什麼事，結果似乎是來送禮的。

贈送者是半人蛇族、巨人族，以及飛龍長老。以前半人蛇族和飛龍長老商量的似乎就是這件事。

「在各位慶祝其他事情的時候造訪實在很抱歉。為了祝賀迷宮完成，我們帶來了不死鳥(Phoenix)的蛋。還請笑納。」

就在宴會場地的中心，我從半人蛇族手裡接過一顆大蛋。

尺寸大到我需要用雙手環抱，不過很輕。外觀看來是……紅、白、橘與粉紅組成的大理石花紋？感覺就像個藝術品。

總而言之，我對半人蛇族與在場的巨人族道謝，將收到的蛋當成獎盃那樣高高舉起。

一陣歡呼與掌聲。

應對似乎沒有錯……不過，這東西拿來裝飾好嗎？是不是替蛋保暖、讓它孵化比較好啊？

我有點困擾，但是沒聽漏稍遠處基拉爾的悄悄話。

「那玩意兒很好吃耶。」

……………

這樣啊，畢竟是蛋嘛。

啊，不對，基拉爾旁邊的葛菈法倫揍人了。

「不死鳥的蛋是嬰兒的幸運物。我不會讓人吃掉它。」

這樣啊。那麼，就拿來裝飾吧。把它找個地方擺著就好了吧？

我再次對拿蛋過來的半人蛇族道謝，然後將不死鳥的蛋……放在創造神與農業神的神像前面。

啊，這麼一來是不是有種獻祭的感覺啊？算了，也好。

明天就做個比較像樣的架子吧。得下點工夫避免蛋亂滾才行呢。

宴會結束的隔天。

我詢問芙塔「五號村」的情況。

那裡似乎已經蓋起不少建築，開始認真地打造城鎮。

怪了？打造城鎮？不是村子？

「那種規模要形容為村子，會讓人有點抗拒……」

是這樣嗎？

同去的格魯夫他們順利地解決掉魔物與魔獸，讓我鬆了口氣。

傳送門的設置地點，在我那棟宅邸的倉庫地下室。

雖說是宅邸的倉庫，寬敞程度卻相當於一間體育館。這是為了掩飾傳送門的貨物進出量。

雖然宅邸和倉庫還沒完工，不過傳送門的座標指定石似乎已經順利設置完畢。
之後可以挑個喜歡的時間開啟傳送門。
…………
在啟動之前，還是再確認一下比較好吧。
傳送門這種東西，處理起來必須慎重再慎重。

5 養蝦

去「五號村」支援的達尬他們回來了。
差不多花了約二十天吧？
大約十五天左右接到聯絡，於是哈克蓮去接人……但是沒見到格魯夫。
格魯夫怎麼啦？被帶去夏沙多市鎮？擔任武鬥會的特別評審？大概無法拒絕吧。
嗯？喔，我沒生氣啦。我反而希望他好好努力。畢竟，這個村子似乎缺乏一般常識嘛。雖然我有自覺，但是其他人就難講了。
原本或許該避免和外界接觸，不過格魯夫我倒是想鼓勵他這麼做。
加油，成為村裡的一般常識負責人吧。

……咦？格魯夫他……在夏沙多市鎮是不是被叫做武神啊？

達尬他們帶了土產回來。

「這是河裡抓到的蝦。在那邊一同行動的冒險者們讓給我們的。」

說著，他就亮出小甕裡泡著水的蝦。

以河蝦來說很大。三十公分級。

雖然活蹦亂跳的，不過只有一隻？啊，還有其他類似的甕呢。全部都是這樣？還有，好吃嗎？

「相當好吃。可是，不要馬上吃掉，先增加數量比較……」

「你說增加數量……養殖嗎？」

「是的。據說培育牠們相對簡單。就算找不到河流，也可以養在水池裡。只不過，必須乾淨到某種程度才行。」

飼料好像餵什麼都可以。

問題在於地點吧。畢竟村子附近的河川裡有群凶暴的魚。如果放到那裡，恐怕馬上就會被吃掉。

這麼一來……咦？水池也沒關係？這樣嗎？真是幫了個大忙。

那麼，要試著養在蓄水池裡嗎？不，蓄水池是重要的水源。更何況，那裡又廣又深，要捕捉養殖後增加的蝦子會很麻煩。

挖個專門養蝦的淺池子應該比較好吧。挖在哪裡好呢？

唉呀，別急。

首先，達尬你們先去休息一下。

然後，蝦子……一直待在甕裡會變虛弱吧？總之，我儘快挖個簡單的池子。

啊……牠們會不會同類相殘？

就是因為擔心這種事，才會特地把每一隻分別放進不同的甕裡對吧？只要有好好餵食就沒關係是吧。了解。

我在居住區北側鄰近蓄水池處，挖了個五公尺見方的池子。

深度約三十公分，所以很快就完工。當然是多虧了「萬能農具」。

把水從蓄水池引過來……把圓木橫放弄出柵欄，避免不知情的人誤闖。

嗯，感覺不錯。

然後把蝦子放進池裡……數量相當多呢。冒險者們應該花了不少力氣吧？雖然讓人開心，不過確定公蝦和母蝦都有吧？

應該不會只有一種吧？雖然我沒辦法區分公母……祈禱吧。

正式的養殖池，決定闢在村子西邊。需要在和村子、道路都有點距離的地方，稍微砍點樹。

水從蓄水池的排水道引過來。由於經過史萊姆淨化，水質方面似乎沒問題。問題在於飼料。

雖說什麼都吃，但是給的量太多就會剩下，因此汙染池水。特別是我打算拿來當飼料的東西，是魔物與魔獸的內臟，以及肉比較硬的部分。

要是長時間留在水裡，理所當然會把水弄髒。

……

要是把史萊姆一起放進去會怎樣？史萊姆會被吃掉？這樣啊，畢竟什麼都吃嘛。真是個蠢想法。

算了，就先以居住區的臨時水池觀察飼料量，再正式開始養殖吧。

臨時水池的岸邊有隻興奮的小貓。那是……米兒啊？

米兒正面有一隻蝦。牠舉起鉗子，擺出威嚇姿勢。

那副模樣與其說是蝦，不如說有點像寄居蟹呢。

……

雙方對瞪……體型是蝦子比較大。儘管如此，米兒依然勇敢地撲了上去。

但是，在米兒的爪子命中前，蝦子高速後退，米兒落在蝦子原先的位置。牠慌張地想離開水池，蝦子卻在此時來襲。

這場嘩啦嘩啦掀起水花的大戰……好，停。我把米兒從池子裡撈出來。

失去獵物的蝦子對我舉鉗威嚇。別那麼生氣嘛。還有米兒，不要亂來。要是我不在可就危險嘍。
什麼，沒輸？贏了？妳以那副縮成一團的溼答答身子強調也沒用啊。
好啦，把身體擦乾。就算是夏天也不能大意喔。

隔天。
四隻小貓在臨時水池的岸邊集結。
牠們的正面是蝦群。
…………
米兒沒學乖啊？
不過，面對那種數量，米兒牠們應該也知道要撤退吧……咦？米兒用了魔法。是火魔法。很大。
喂！另外三隻也跟著做。等等，不行！那是重要的養殖用蝦啊！
蝦子無視慌張的我，也開始射出類似水彈的東西反擊，抵消米兒牠們施放的火魔法。
咦，好厲害。不過等一下。這也是魔法對吧？居然做得到這種事？這些蝦子是不是很危險啊？應該說，養這種蝦子沒問題嗎？
呃，這不重要。重點是，不要在這種地方搞什麼魔法對決！這裡是居住區啊！
「在那裡沒關係。」
「如果就那點程度，只是初級魔法。」

「真有活力呢～」

擔心的只有我，住在居住區的獸人族、蜥蜴人與高等精靈似乎都沒放在心上。

呃……知道小貓們會用魔法的人。啊……不知道的只有我啊？原來如此。

還有，蜥蜴人。我原本打算正式開始養蝦後交給你們負責……沒問題嗎？牠們會用水魔法喔？

我嚇了一跳……啊，知道？沒問題？那點程度不要緊。這樣啊。

把養殖池的柵欄弄堅固一點吧。我決定這麼做。

還有，要避免讓小貓們接近蝦子！

6 養殖池與泳池

我在打理養蝦池的同時，試著練習魔法。

連小貓和蝦子都能施展，我應該也做得到才對。雖然之前讓露教過，被她評為沒有才能……不過重點在於幹勁！

………

絕對不是因為嫉妒會用魔法的小貓和蝦子。

確認周圍無人之後，我開始集中精神。

嗯……？哦哦！感、感覺到力量了。好、好像行得通！

我詠唱露教的魔法咒文。

「顯現於吾之前，射擊敵人！火焰箭（Fire Arrow）！」

…………

…………………………

弄錯咒文了嗎？畢竟很久沒試了嘛。哈哈哈。

我注意到有幾隻小黑的子孫在樹後看著我。

你們什麼時候……唉，畢竟我為了打理養殖池踏入森林，總會有幾隻跟來吧。

我一往那邊看去，牠們便別過頭。

…………

心好痛，今天的魔法練習就到此為止吧。養殖池得好好打理才行。

我從蓄水池的排水道引水，不過光是這樣就讓池子滿出來了。

要考慮將水排往河川。

我把竹子排在一起弄出三層柵欄，防止蝦子逃走。小蝦或許逃得掉，不過這還在容許範圍內。

池子外圍弄出橫放圓木圍成的柵欄……完成。暫時就這樣觀察吧。

把水和蝦子放進池裡之前，我自己先進去試試。

池子大小為二十五公尺見方。深度我煩惱了很久，決定弄成一公尺左右。如果太淺，可能會有別的東西像小貓們那樣捉弄蝦子。

考慮到不要給蝦子壓力，大概也需要這樣的深度吧。

此外，池底還立有約五十公分左右的隔板，我用它們圍出許多約一公尺見方的格子。只要把池水放掉一半，就會形成許多一公尺見方的小池子。

不過，費這些工夫讓池子變得很難走。我的腳就撞到了。所以別勉強進來——我警告圓木柵上的小黑子孫們。拜託不要露出那種寂寞的表情。

知道了，我馬上出來。等水門打開之後，我們就去泳池吧。畢竟很熱嘛。

今年泳池同樣生意興隆。鬼人族女僕們的攤子也是大排長龍。

刨冰和……燉肉？感覺很熱耶。我等上岸之後再吃吧。

…………

水流池裡為什麼會有蒂雅的魔像？

五個約兩公尺左右的魔像沒有游泳，只是並排行走……喔，帶動水流嗎？

畢竟人數一多，水流難免遲滯嘛。

可是，看起來很像在追趕水流池裡的人。嗯，只是看起來像所以沒問題吧。

我的泳裝是傳統的四角褲型。座布團幫我做的。

雖說是泳裝，不過感覺比較像多少有些防水性的衣服，主要功能是泡了水也不會變透明，以及不會完全貼在身上。畢竟重要的部分讓人看見會不好意思嘛。

我在泳池附近的小屋換上這種泳褲。

然後進入主要泳池附近的小池子。

這邊有兩個小池子，第一個不是泳池，而是用來清洗身上的髒汙。

第二個則是消毒池。我找露商量，請她製作類似消毒液的東西倒進水池裡。因為流行起傳染病之類的很可怕嘛。

不過，就算不這麼做，大家依舊有各自的魔力護身，所以似乎沒問題。

是這樣嗎？

唉呀，也有魔力比較弱的小孩……拜託別露出「那是在說誰啊」的表情。

好比說……加特的女兒？啊，以她的魔力水準沒問題是吧。抱歉小看了人家。請把這個消毒池當成用來讓我安心的。

進泳池以前，要先做熱身運動。

等身體放鬆之後，再慢慢下水。千萬不能跳進去。

「村長，不好意思。能不能請您在水流池裡儘量保持移動？」

…………呼。

對喔。

我悠哉地在水中步行，待在板子上的酒史萊姆從旁邊漂過。真是優雅。

聖女抱著切割成適當尺寸的圓木緊追在後。那根切割過的圓木……應該是代替游泳圈吧。

還有，那件泳衣相當大膽……沒問題嗎？感覺和聖女不太相稱耶……

不行、不行，會讓人家覺得我用有色眼光看她。無心無心。

陽子穿著更為大膽的泳衣坐在池畔。無心無心……咦？

「今天用人類的模樣嗎？」

「因為魔力已經恢復了不少嘛。」

雖然那件泳裝很適合，但是為什麼要用毛巾裹住長髮呢？感覺就像在泡澡耶。

不過，也有不少人做出類似的行為，所以我沒提這點。我質疑的部分，和她手裡的酒有關。

「別拿著那玩意兒進泳池喔。」

「這點酒醉不了。」

「妳醉不了，但是其他人模仿可不好。」

「……嗯。原來如此，我懂了。」

陽子意外地老實。只要好好解釋理由，她就會遵守。

陽子過後，接下來是……格蘭瑪莉亞穿著泳衣浮在水面上。是在練習要怎麼樣才能像在水上行走嗎？

前進、後退、跳躍。真是靈巧。

但是，在這裡做這種事，會給正常使用泳池的人添麻煩……啊～把她當成障礙物享受設施是吧。原來如此。

仔細觀察周圍之後，我發現進泳池的主要是女性與小孩，以及小黑的子孫們。所以格蘭瑪莉亞才能當障礙物吧。

矮人和蜥蜴人不在，是因為什麼理由？

傍晚時分要來池畔喝酒，所以正在努力工作啊？

我繞了個大圈避開障礙物格蘭瑪莉亞。

人家都已經避開了，就別靠近。障礙物移動太卑鄙嘍。在空中絆到什麼了嗎？周圍有人在看，居然還這麼明顯地撒嬌。唉呀，這就是泳池的解放感嗎？

不過，在我的無心面前……啊，不行。要是讓她抱著，其他女性也會靠過來。
放、放手……唔，好驚人的力量。推不開。而且好軟。
既、既然這樣……孩子、孩子們在哪裡！拜託來個小孩防護罩！

繞一圈水流池意外地疲倦，於是我上岸了。
順帶一提，讓小黑子孫們甩掉身上水滴的區域設在別處，所以牠們不太會濺得我一身。
啊……到鬼人族女僕的攤子拿份燉肉慢慢吃。
嗯，燙歸燙，感覺卻很不賴。
雖然還想吃，不過考慮到晚餐後我忍了下來。接著我在小黑子孫們的護衛下又繞了一圈，這才離開泳池。

去過泳池之後就會想睡覺呢。睡到晚餐時間吧。
我回到自己房間，看見露、蒂雅、貓、寶石貓珠兒、四隻小貓、九尾狐一重、小黑，以及小雪睡在這裡。
天花板擠滿了座布團的孩子們。
真奇怪。會吹出冷風的裝置，其他地方也開始擺了吧？為什麼跑來我房間？
而且，我房間的裝置應該也安裝了開關功能才對，是誰打開的？這裡好歹應該算是我的私人空間才對啊。

想到這裡，有人突然從後面出聲。

「各位～我拿冰過的水果來嘍～」

鬼人族女僕之一。她是之前在我房間睡著結果捱罵的那位吧？而且她手裡端著放有各種切塊水果的盤子。

她一看見我在房間裡，當場停下動作。

呃……正當我煩惱該說些什麼時，小貓們已經擠到停止動作的女僕腳邊，也不知道是什麼時候醒的。而且，還擺出一副「快點交出來」的態度。

啊，一重好像也醒了。想要西瓜是吧。知道了，不用在意我，端給他們吧。

那幾隻貓全都拿柑橘類沒轍，主要吃西瓜和草莓。一重好像也是呢。

小黑、小雪與座布團的孩子們則是什麼都吃。

露是……冰過的番茄。就這樣直接啃。

蒂雅是冰過的小黃瓜啊？說沾了鹽之後很好吃……妳是一邊在這裡睡覺一邊操縱泳池的魔像嗎？因為是自動所以沒關係？為了以防萬一有派人監視？啊啊，所以格蘭瑪莉亞才會在那裡啊？雖然想說「原來如此」，但是格蘭瑪莉亞玩得很開心喔？

還有，各位。雖然你們食慾旺盛，但是馬上就要吃晚飯嘍。

泳池帶來的睡意煙消雲散。

我坐在床上，讓貓趴到我腿上，撫摸牠的下巴。房間裡多虧了先到的人所以很涼快，要說舒服是很舒服沒錯……珠兒表示她也要，便趴到了我的腿上，比貓還近。

好好好，珠兒也是下巴對吧……不是？不是那裡？那麼，是耳後？很好，正確答案。

小黑和小雪我晚點也會摸喔。

咦？因為剛剛在睡覺所以不好意思？哈哈哈，不用客氣。

但是，露和蒂雅拜託就免了。這樣比較涼快，不要擠過來。

不，並不是我對妳們的愛已經冷卻了，單純是因為很熱。

至於鬼人族女僕……不，我並沒有要責備妳。但是，我沒辦法阻止站在妳背後的安。抱歉。

在晚飯時間到來之前，我悠哉地休息了一陣子。

7 蝦子與村長的移動

我把蝦子從居住區的臨時池移到養殖池。

和預期的一樣，蝦子頑強抵抗。但是，蜥蜴人把牠們一隻隻都抓起來了。真是不簡單。

順帶一提，我因為怕魔法所以離得有點遠。

膽小？要這麼想也無妨。就算初級魔法威力很弱，我也不想被轟中。

「村長，蝦子已全數回收了，這就送去養殖池。」

我向蜥蜴人們揮手示意了解。

養殖池的地點已經帶他們去過好幾次，不用我同行也沒問題。

我必須在這裡解決掉臨時池才行。

「村長，您要把池子填平嗎？留下來不是很好嗎？說不定還會有什麼東西來。」

路過的獸人族女孩提議。

……畢竟池子很淺，也不會有人掉進去溺水吧。

氣味怎麼辦？嗯？大概是因為發現蝦子不見了吧，史萊姆們爭先恐後地跳進臨時池裡。

……

似乎沒問題呢。暫時就先這樣看看狀況吧。

我和蜥蜴人們商量養蝦計畫。

總而言之，先觀察一年。

視繁殖情況決定每年的收穫量。需要的話不排除增加養殖池……

計畫感覺有模有樣，不過內容等於全都看蝦子。唉，畢竟不懂蝦子的生態嘛。

根據提供蝦子的那些冒險者表示，只要給食物牠們就會自己增加。

我姑且用臨時池觀察了蝦子的喜好與食量……

「魔獸內臟一類的似乎很受歡迎呢。」

「反應比肉來得好呢。但是，這下子應該就不需要擔心飼料了。」

魔獸的內臟，主要是小黑的子孫們會吃，不過我允許牠們吃的部分，只有當天獵到的內臟。

放了一段時間的內臟基於安全起見會處理掉，這表示要把處理工作交給蝦子。

這樣並不壞。

我在處理掉內臟時，也覺得有點可惜。如果能有效利用當然好。

總而言之，關於養蝦一事全權交給蜥蜴人，如果有什麼狀況就聯絡我。祈禱蝦子能順利增加吧。

我認為在啟動傳送門之前，應該先造訪「五號村」確認一下。

但是，要確保這麼做的時間相當困難。

就算找哈克蓮載我，前往該地也需要兩天，在當地確認需要一天，回程移動再兩天，合計要花掉五天。之前移動時也是這種感覺。

畢竟傳送門就是為了縮短這段需要兩天的路程嘛。

目前，要說有哪裡能縮減，就只有在當地確認的部分……但是縮短這部分總覺得是本末倒置。區區的五天，卻不容小覷。

嗯～要是能縮到三天左右就好了。

替我解決煩惱的，則是預定負責管理傳送門的芙塔。

要待命到傳送門啟動的她，正以實習廚師的身分在鬼人族女僕那邊修業。雖說是修業中，不過還停留在洗菜與削皮的階段，沒有連做菜的部分都讓她動手。

同樣在修業的米優，明明已經進步到能負責湯的水準了……

「因為芙塔粗枝大葉嘛。看，皮沒有削乾淨。」

「唔……」

「所以呢，這位粗枝大葉的芙塔，帶來了能夠為我解決煩惱的好主意？」

「不是粗枝大葉，只是不太擅長細膩的作業而已。啊……咳咳。如果要縮短前往該地需要的兩天，倒是可以喔。」

「這是什麼意思？」

「就是傳送門。先前我不是已經過去一趟，設置好指定傳送地點的石頭了嗎？如果是到那裡，不用開傳送門也能傳送。」

「不用開傳送門？這是怎麼回事？」

「所謂的『開啟傳送門』，是指隨時都能雙向移動的狀態。儘管還沒開啟，但是傳送功能在……雖說需要消耗很多魔力，但只是送人過去倒還可以。」

…………

「啊，要從那邊回來就沒辦法喔。只能從有傳送門的本體這一邊出發。」

「這、這樣啊。」

一時之間，我還以為另一邊也能自由過來。

這個主意不是不行，但是傳送門的事要謹慎處理。如果還沒正式運作一樣能夠往來，事情可就有點麻煩了。

「這是很普遍的方法嗎？」

「不，懂傳送門的人才會這種小技巧。」

既然如此……傳送門已經不算普遍的現在，應該可以當成沒人知道吧。

「應該是。而且，如果傳送門不是處於即將開始運作的狀態，就算知道這招也沒意義。」

……的確沒錯。

畢竟有去無回嘛。

總而言之，既然能縮短去程的時間，我打算走一趟。

挑選成員！

擔任回程手段的哈克蓮已經確定，至於其他人該怎麼挑呢……

如果另一邊有認識我的人當然好，但也可能沒有。為了防止麻煩，我拜託之前在那邊活動過的達尬同行。
再來是護衛……陽子表示想一併同行。畢竟她是「五號村」相關事宜的「大樹村」方代表，應該沒問題吧。
這麼一來成員就決定了。我、哈克蓮、達尬與陽子。
村裡的居民喊停，要我增加人數。
呃，但是大家各自都有工作嘛……多了三位蜥蜴人與五位高等精靈。
想一起來是無妨，不過這趟行程沒那麼有趣喔。
……武器需要那麼多嗎？防具也要？我們可不是去打仗喔。
…………
我是不是也裝備一下比較好啊？我反而不需要？是這樣嗎？
「大樹迷宮」第五層。預定成為通往「五號村」傳送門的地點。
芙塔在這裡詠唱起冗長的咒文。
似乎是要將傳送我們的魔力儲存進傳送門裡。
…………
已經搞了大約五分鐘，但沒問題嗎？啊，不能隨便說話，會影響集中是吧。我被來送行的露罵了。
抱歉。

又過了約五分鐘，芙塔給了信號。
一道光板出現，就和運作中的傳送門一樣。
「它會維持敞開三分鐘。」
得到芙塔的信號之後，我準備走向前去，卻被達尬攔住。
我還來不及問怎麼回事，其他蜥蜴人和高等精靈已經先通過了。
「由我們開路。」
不不不，不需要那麼提防……
「那麼，就當成知會對面一聲。」
你說知會，是指訪問前先告訴人家「我現在要過去」吧？嗯，這倒能接受。
接著是陽子。過了一會兒換成達尬，最後才是我和哈克蓮移動。
我對送行的人們揮揮手，並且通過傳送門。

傳送後抵達的地方，是一個寬敞的地下室。
大概是「五號村」宅邸倉庫的地下室吧。
先到的高等精靈之一拿了燈過來。
……………完全沒想到。

如果是我帶頭，想必會慌慌張張的吧。

寬敞地下室的深處不是階梯，而是一道緩坡。

從寬度與高度看來，應該有考慮到馬車通行吧。走上斜坡之後，能看見先到的人已經在野外的光亮之中等待。

景色……數根很長的柱子以及中間拉起的布，出現類似工地的圍籬。

實際上，這似乎是為了遮掩這棟屋子的建築工程。

畢竟這裡是宅邸預定地嘛。

好啦，留在這裡也沒辦法確認「五號村」當地的狀況。

我以弄得像是出入口的地點為目標開始移動。

布幕的另一邊什麼都沒有。

和上次來視察的時候一樣。畢竟在臺地上嘛。

奇怪？我記得好像有接到蓋起了不少建築的報告……

要說有什麼奇怪的東西……地面姑且還是有村子的區塊劃分。還有，臺地外面有道牆，把裡頭圍了起來。這是外牆嗎？相當雄偉呢。居然用牆把整片臺地都圍起來，也太厲害了吧？

由於有階梯，所以我走到外牆上。

…………眼前的景色令人難以置信。

臺地的側面——斜坡部分有個村子，或者該說是城鎮。

建築似乎大多都在南邊，正好我看的也是南邊。

大概還在建設中吧，能聽到充滿活力的話語聲。還有，臺地下方有道高牆，那道牆好像也還在蓋。

嗯，此刻我腳下這個原以為是外牆的地方，其實是內牆啊。不是該先蓋外牆才蓋內牆嗎？或者該說，需要把臺地下方圍住嗎？

呃……總而言之。

看起來……我用雙手的拇指和食指組成方窗，數一下裡面能夠看見幾棟屋子。然後，再算整體有多少個這種方窗大……假設一間屋子住四人，這規模差不多可以住四千人了吧？

「總共是五千兩百再多一點。」

陽子在旁訂正。

「這種狀況，陽子妳早就知道了嗎？」

「雖然是第一次目睹，但是已經接獲報告，也有人找我商量。」

「呃，可是……」

「側面除了道路以外可以自由發展。聽說村長當初是這麼講的？」

咦？我說過這種話嗎？有嗎？沒印象啊……

「村長，有關臺地側面的事……」

「嗯？喔，只要能確保道路通暢，剩下可以隨你們高興。」

我好像說過。

當時，我大概以為人家在講道路裝飾之類的吧。啊……

「我知道了。然後呢，臺地上沒人住嗎？」

「還沒正式給人家移居許可吧？」

……是這樣嗎？怪了？

先前好像提過希望移居的人已經開始移動之類的……

印象中，那時好像收到了「接納居民沒有問題」的報告……但是我的確不記得有給人家移居許可。

啊……原來如此。

直到負責指揮「五號村」建設的兩位前任四天王——名字很長的人和帕爾安寧到來之前，我一直站在外牆上反省。

8 村下鎮？

城堡的附近有時會建立起市鎮。嗯，我懂、我懂。

那麼，有看過在村子附近建立市鎮嗎？而且，就在村子旁邊。

…………找碴？

好像不是。

建立起市鎮的原因，在於等候移居進村。

因為沒得到移居許可，所以不敢住進村內，開始在村子前方不遠處生活。似乎是這樣的人聚集起來，逐漸形成市鎮。

而且……

「魔王國」那邊也不可能只是旁觀，他們有向「大樹村」報告並商量此事。

「希望移居的人開始在臺地側面住下了，請問該怎麼辦？」

「村長不會拘泥這種小事，就隨他們高興吧。」

「但是已經有很多人開始在那裡定居了……」

「只要是想住進村裡的人，村長就不會拒絕。全部接納吧。」

「我們基於警備上的因素想要築牆可以嗎？」

「如果對居民有用，村長就不會拒絕。築一道堅固的牆吧。」

「大樹村」的代表是陽子。

呃，陽子也不是自作主張，她有好好向我報告並商量此事。

「想移居進村裡的人希望能在臺地側面住下來，沒關係吧？」

「咦？不會不方便嗎？也罷，如果當事人希望如此就沒關係。」

「似乎相當多人希望能在側面定居。」

「為什麼？種族上的理由嗎？嗯，可以呀。」

「那邊為了保衛居民，似乎想建設護牆。」

「這是理所當然的。如果資金不足就說一聲。」

…………

雖然並不是一次全部談完，但我有印象。

儘管沒有人問，但是請容我辯解。

我以為之所以會商量這些，是因為他們已經開始搬進「五號村」了。

不，的確該怪我沒有事先確認。
雖然該怪我……是，是我不好。

好啦，該怎麼辦呢？
呃……總之先處理那個吧。
得和眼前這些低著頭的人說清楚才行。
「我、我沒有生氣啦。」
嗯，真的沒有生氣。
畢竟真要說起來，算是覺得困惑……啊，不、不對，抱歉，我沒有覺得困惑。沒錯，我保持平常心。哈哈哈。
所以，麻煩不要跪拜。

在我眼前的，是兩位前任四天王，以及他們後面……大約五十人。
好像是住在側面那些人的代表。
種族有魔族、精靈、矮人、獸人族，還有……人類嗎？雖然外表年輕的人很多，不過應該都比我年長吧？
難得大家特地集合，但是很抱歉，總之請解散。

是，對不起。慢著。對不起，我沒說清楚。我的意思是這個集會解散，不是要你們離開。別露出絕望的表情。

總而言之，兩位前任四天王，麻煩來一下。要維持現況會有什麼問題？

「幾乎無法生產糧食，所以必須向外面採購。」

「現在是用買的嗎？」

「是的。『夏沙多市鎮』的戈隆商會願意合作。此外，我們領地有派出運輸隊，一個月後應該能存有積糧。」

「原來如此。採購資金呢？」

「有來自各地的捐款，暫且不成問題。」

「捐款？」

「由那些把居民送來的領主提供。」

「慢著。在這裡的居民，是被迫遷來的嗎？」

「不，並非如此。但是對於貴族來說，與其說是人民離開領地，不如說是他們把人民趕走，這樣面子上比較掛得住。」

「啊……沒有強迫人家捐款吧？」

「頂多就是站在收容方的立場，希望他們多少提供一點準備金。」

「注意往後別再做這種事。資金就由我……」

停。

不要慌，先確認需要的金額。

這樣是一個月的份嗎？一年份？……如果只有這樣，大概還應付得了。

就算碰上最糟的情況，支出需要翻倍……也應付得了。

「資金由我出。那些捐來的錢，就用別的名義歸還。」

「了解。」

「不過，糧食一直用買的，是個嚴重的問題呢。」

老實說，考慮到「大樹村」的資金，其實問題沒那麼嚴重；但是帳面上一直赤字會讓人不舒服。

畢竟，這些錢是要用在「大樹村」上頭的。

「外牆的另一邊預定要建立田地和牧場。儘管要在這兩年就做到自給自足有點困難，不過數年後應該能達成。」

「產業呢？」

「附近發現很有前景的礦脈，正在考慮開採與加工。」

「你說礦脈……可以挖嗎？」

「周邊一帶已經決定劃歸給本村，因此沒有問題。不過，為了避免日後出現糾紛，已經向魔王國報告此事。」

之所以先前都沒發現礦脈，似乎是因為這一帶幾乎沒有開發。

好像是為了建村而著手清理鄰近的魔物與魔獸時發現的。根據前任四天王表示，很可能還會發現其他礦脈。

這樣真的好嗎？改天碰到魔王或比傑爾時和他們談談吧。

總而言之，光是目前已經發現的礦脈，似乎就能期待有筆可觀的收入。

雖然還有其他瑣碎的問題，不過既然居民們能自己解決，就交給他們了。

畢竟我也不會一直待在這裡，要我下達詳細指示不太實際。

而且今晚的住宿地點是德萊姆的巢穴，我已經預定要在太陽下山之前離開這裡。

目前就維持現狀，麻煩各位了。

我思考有關到此地的重點——傳送門的事。

要開啟傳送門的地方已經打理好了。上面的建築雖然根本還沒完工，但有門的地方已經用布遮住。

趕快開啟傳送門，讓「大樹村」的居民們一口氣把建築蓋好，是不是比較快？建材從「大樹村」運來也比較簡單。

啊，迷宮內的運輸是個麻煩？不過，應該比從臺地下面運上來輕鬆吧？

好，就這麼辦。

已經有五千人在這裡生活。事到如今，也不能撒手不管了吧。

既然沒辦法收手，就會希望傳送門儘快搞定。這裡離夏沙多市鎮只有一天路程。

……………怪了？明明只有一天的路程，為什麼魔物和魔獸會很強？我記得聽人家說過，夏沙多市鎮附近沒什麼魔物和魔獸出沒呀？

「沒經過開發的地方就是這樣喔。」

回答我這個疑問的是格魯夫。你什麼時候來的？

「我正好在下方的森林。」

「那還真是巧呢。所以呢，你背後的女性是？」

「啊哈哈……」

格魯夫一臉尷尬。

感覺是人類。應該二十……有五？看起來像個劍士呢。

「初次見面。敝人畢莉卡・溫埃普，忝為當今劍聖。還望有幸成為格魯夫先生的弟子。」

「您太客氣了。我是『大樹村』的村長火樂。」

呃……「劍聖」是什麼？

劍聖。

這是人族最強劍士的稱號。劍聖會指名接班人，被指名者擊敗劍聖後便會繼承稱號。因此，有資格以劍聖自稱的向來只有一人。

劍聖有兩個規矩必須遵守。

其一，維持最強的地位。

其二，消滅僭稱劍聖之人。

若是為了做到這兩點，劍聖大多數行為都會受到容許。目前，畢莉卡·溫埃普就被認定為劍聖。

以上是格魯夫的說明。

「既然是最強劍士，為什麼要拜格魯夫為師？」

「說來丟臉，憑我現在的本事還贏不了格魯夫先生。」

「……妳是最強劍士吧？」

「劍術沒有輸。但是打起來會輸。」

我不太明白這話是什麼意思。不是最強嗎？

見到我疑惑的樣子之後，格魯夫表示用看的比較清楚，在地上立了一根還算粗的木棒。

正當我懷疑他要做什麼時，畢莉卡已經有所行動。不，她沒動。動的是畢莉卡的分身，共有四個。

每一個分身分別揮劍砍向格魯夫立起的粗木棒。被砍了四劍的粗木棒化為五塊木片……怪了？木片有六塊。本體在原地揮劍。原來砍了五劍啊？

就連我這個外行人都看得出來很厲害，我忍不住想要拍手。

之所以沒這麼做，則是因為聽到一旁達尬和陽子不滿地嘀咕。

「不行啊。」

「只有那樣實在……」

呃……哪裡不行啊？我覺得自己贏不了她耶？我要求解釋之後，達尬回了一句話。

「經驗不足。」

陽子則是講得更仔細一點。

「如果要舉個村長比較容易懂的例子……試著想想看魔法。雖然火魔法用得很順手，卻沒有好好利用那團火。」

雖然妳好心教我，但是很抱歉，就算用魔法舉例我一樣沒概念。

不過，如果試著把它吸收理解……是怎樣？只有外在沒內涵？

格魯夫為我解釋：

「如果是那種程度，露大姊和蒂雅大姊也做得到。但是，村裡的武鬥會上沒看她們用過對吧？因為沒有實用性。」

你說實用性……感覺很夠啊？

「如果要把分身提升到能夠實戰的水準，至少得像布兒佳小姐那樣才行。」

布兒佳的分身和剛剛畢莉卡的分身，差異在……

布兒佳的分身動作全都不一樣，甚至感覺像是分裂。

畢莉卡的分身是類似殘像的分身？這麼一說，哪個是本體也看得出來呢。

「對於接招的那一方而言，就只是同時從五個地方攻擊，可以簡單擋下。」

…………

五個地方同時攻擊是能簡單擋下的招式嗎？同時五個地方耶？做不到吧？只要在命中之前先擋住一處，其他的也會停下……原來如此。

不，這麼做的難度好像也很高啊……

畢莉卡和達尬來了一場模擬戰。

看得出達尬根本沒認真。

「追根究柢，劍聖是為了避免正確運用聖劍的劍術失傳而一路繼承下來，若要發揮本來的力量，可能要拿聖劍就是了。她的身手太差勁。」

格魯夫毫不留情地批評。

如果她那樣叫差勁，那我該怎麼辦？連批評的價值都沒有？

「不值一提。」

聽到達尬的感想，畢莉卡眼眶泛淚。

因為實在太可憐了，所以我拜託達尬多給點建議。

「……在道場鍛鍊太久了。技巧不差，但是那種『避免殺死對手』的顧慮形成習慣，所以全都淪為三流以下。還有，當成表演的時間太長了。技巧太乾淨，不適合實戰。這麼說儘管不太好聽，然而前代是妳這種水準就能夠打倒的劍士嗎？妳該老實地奉還劍聖稱號，從頭鍛鍊一番。」

達尬這番名為建議的攻擊，讓畢莉卡哭倒在地。格魯夫臉頰抽搐，在旁嘀咕：

「啊~我也說過同樣的話呢……」

格魯夫告訴我畢莉卡的遭遇。

她在十五年前拜入前代劍聖門下。

那間道場從國內選出了兩百多名對劍術有自信的好手，互相切磋琢磨。其中，畢莉卡具備了年紀輕輕就能得到認可入門的才華，在鍛鍊之下順利地成長。

問題發生在距今十年前，畢莉卡拜師第五年的事。

前代劍聖突然去世，似乎是在花錢與女性調情的店裡心臟病發作。

既然道場主人亡故，只要由新的道場主人帶領大家就好……然而去世的道場主人是劍聖。指名下一任道場主人就等於指名劍聖，所以並沒有指名新任道場主人。

高徒們經過協議，決定將劍聖稱號暫時歸還王國。

道場改由高徒們聯合經營，新劍聖變成由王國決定。前代劍聖「要磨練劍術，切勿沉溺於慾望之中」的教誨發揮應有的效果。對道場方來說是這樣。

收回劍聖稱號的王國，將劍聖稱號授予自國的將軍。

就王國的角度來說，歸還的稱號要授予什麼人是王國的自由。另一方面王國正值戰爭，因此他們打算有效利用稱號，當成鼓舞士氣的手段。

然而，以為劍聖稱號遲早會落在道場內某人頭上的高徒們非常憤怒，襲擊獲賜劍聖稱號那位將軍的部隊。儘管該將軍的部隊超過三千人，發動襲擊的高徒們只有二十人，卻成功殺掉了將軍。

王國對此大為光火，逮捕了道場的高徒們。

參加襲擊的高徒們大半身亡，活下來的兩人也遍體鱗傷，所以逮捕十分順利。

接著處刑。

同時王國也決定廢掉道場，卻被教會喊停。教會表示懂得劍聖招式的只有這座道場，不贊成讓技術失傳。

雖然不曉得怎麼討論的，但是王國認可道場留存。

此時，道場裡地位最高的，就是唯一沒參加襲擊的高徒畢莉卡。

之所以身為高徒卻沒參加襲擊，是因為她還年輕，其他人沒把這件事告訴她。不，或許就是因為畢莉卡在，才會做出襲擊這種暴舉。

畢莉卡為了保住道場而成了道場主人，開始修行。

但是，王國禁止她在沒有許可的情況下參加對外比賽或離開道場，因此只能在道場內修行。

十年過去。到了距今半年前，畢莉卡被授予劍聖稱號，獲准自由行動。

她巡迴完鄰近國家後，便考慮前往「夏沙多市鎮」。原因是聽說了武鬥會的傳聞，她打算參加。

畢莉卡在武鬥會決賽敗北，於是黏上格魯夫，希望能拜他為師。

……怪了？如果是這樣，為什麼不找贏得決賽的人呢？格魯夫沒參加吧？我聽說他是去當特別評審的耶？

贏得決賽的人當場挑戰格魯夫。原來如此，所以才找上格魯夫啊？

突然被授予劍聖稱號的原因是？

王國為了自由運用劍聖稱號而挑戰畢莉卡，卻一直被擊退，最後由於他國介入才屈服。

劍聖稱號對其他國家也有影響啊？

…………

看來錯在擅自把這種稱號授予將軍的王國。

王國的名稱是「福爾哈魯特王國」，也就是和「魔王國」交戰中的國家。

每次聽到這個名字，就沒什麼好事……

題外話。

我、格魯夫、達尬、哈克蓮與陽子站成一列。

然後達尬給了畢莉卡指示。

「按照妳心目中的強弱順序排排看。」

「呃……」

達尬、格魯夫、哈克蓮、陽子、我。

畢莉卡認為達尬是其中最強的呢。

「達尬先生、格魯夫先生和道場的師兄們有同樣的氣息。」

聽到畢莉卡這句話，達尬笑了。

「雖然很光榮，不過在這個陣容裡，正確的順序是這樣。」

我、哈克蓮、陽子、達尬、格魯夫。

「首先，我和格魯夫如果交手十次，我大概會贏八次；就算有一百個我，也贏不了陽子小姐；這麼強的陽子小姐也贏不了哈克蓮小姐。至於村長呢，更在哈克蓮小姐之上。」

「居然說我贏不了哈克蓮。不過嘛，我的確不想和她打。我和村長交手過……但是輸得很澈底。毫無勝算。這種事我再也不幹了。」

陽子替達尬補充說明。

「太缺乏實戰經驗，導致評估對手戰力的眼光不足也是個弱點呢。」

格魯夫這麼評論畢莉卡。

…………

不過在我心目中，應該是哈克蓮、陽子、達尬、格魯夫、我啊。

10 回家商量

我留下格魯夫，回到了「大樹村」。

雖然開啟傳送門一事在我心裡已成定局，但還是必須和大家商量，所以我表示不確定能否立刻開啟，但是格魯夫似乎沒辦法丟下畢莉卡。

達尬看起來也想留下，但因為不能丟下護衛我的任務所以沒留。雖然接下來只是坐在哈克蓮背上去德萊姆的巢穴而已，我不覺得需要護衛……反正還有陽子、高等精靈和蜥蜴人他們在。

他似乎是認為：既然以護衛身分同行，就要有始有終。真像達尬的作風。

不過既然如此，乾脆把畢莉卡一起帶回去怎麼樣？不行？因為目的不是生活而是變強，所以希望讓她在適合的地方戰鬥？原來如此。

我不清楚怎樣的地方才叫適當，交給格魯夫應該是最佳選擇吧。

不要勉強，小心別受傷啊。

我會留一些錢下來。咦？要留東西的話，調味料比較好？我知道了。

只有帶在手邊的份，麻煩將就一下……

還有……啊，這件事要正確地向夫人報告是吧。我知道了，可是不需要保密嗎？隱瞞也會穿幫？嗯，也對。好，包在我身上！

嗯？怎麼啦？你那不安的表情是怎樣？懷疑我的表達能力嗎？放心吧。我可沒有閒到想製造糾紛。

格魯夫拿了一封信託我轉交。

似乎是要我別多話。

…………不懂。

我在德萊姆的巢穴住了一晚。

受到在德萊姆巢穴工作的惡魔族款待。
規模之所以比往常還要大，似乎是因為拉絲蒂產女。
「今後拉絲蒂小姐也拜託您多關照了。」
「拉娜小姐可愛嗎？我聽德萊姆大人說……」
「拉娜小姐預定什麼時候要來？」
在這之中，有一位表情顯得有點恐怖的惡魔族……
「不准辜負拉絲蒂小姐喔。」
講出這種像大哥一樣的話。
我是沒打算辜負她……呃，你和拉絲蒂的關係是？啊，捱古吉罵了。
原來只是想講些像大哥的話啊。酒喝多了呢。
順帶一提，德萊姆不在。他大概一直待在「大樹村」。

隔天傍晚。
我們抵達「大樹村」。
兩天一夜的小旅行。
我向同行的達尬、哈克蓮、陽子、高等精靈與蜥蜴人道謝後，大家便解散了。
雖然還有很多工作……總而言之，我把格魯夫託付的信交給他的夫人，沒說多餘的話。

「那個叫畢莉卡的人長得漂亮嗎？」

該怎麼回答才算正確答案呢？

通過試煉的我稍事休息。微妙地感到疲憊。

我坐到自己房間的無腿靠背椅上放鬆。

小貓們爬到我腿上……啊，米兒還是老樣子覺得頭頂上比較好是吧。不要掉下來嘍。

嗯……？喔，露。我回來嘍……妳把我腿上的小貓挪開……然後自己的頭要靠上來是吧。雖然這樣無妨，不過這麼一來，被挪開的小貓會爬到妳臉上喔。妳看。哈哈哈。

由於今天的晚餐時間也是報告時間，所以人比往常來得多。

主要是同行者們，以及聽報告的各位文官少女組與種族代表。

我在大致報告完畢後，提議開啟通往「五號村」的傳送門。

儘管有點被牽著走的感覺，不過能夠縮短路程這點充滿吸引力。

從「五號村」到「夏沙多市鎮」路程僅一天。

不，只要「五號村」和「夏沙多市鎮」開始做生意，不跑到「夏沙多市鎮」也沒關係了。

換言之，只要踏入「大樹迷宮」，城鎮就等於近在咫尺。

當然，也是有問題。

有辦法一下子就管好那麼多人嗎？

雖然有兩位前任四天王努力，但是人數一多總是會冒出問題。光是我在那裡的幾個小時，就已經出現不少狀況。

該把「五號村」交給誰呢？有沒有人自告奮勇啊～還是該拜託兩位前任四天王的其中之一呢？

還有，已經蓋有建築的地方，正常地以通貨進行買賣。

和拿獎勵牌代替通貨的「大樹村」、「一號村」、「二號村」、「三號村」與「四號村」，想來必須用不同的方式處理。雖然麻煩，卻是必要的措施。

如果不考慮這部分就開啟傳送門……會有危險。

從明天開始，就專注討論這件事吧。

種族代表也出席了會議實在幫了大忙。

嗯，會議從明天開始。報告到此結束。今天就吃飽喝足，然後睡個好覺吧。

討論花了大約五天。

「開啟傳送門」這個提案，很快就通過了。

關於「五號村」的代表一事，在「四號村」的貝爾提議之下，決定等待新的墨丘利種醒來。不，其實已經醒了，不過他們為了能順利活動正在努力上課。

似乎是三人同時醒來，貝爾主動表示要把這三人直接丟到「五號村」。

由於沒人應承，所以是求之不得……但這樣好嗎？總覺得對不起他們耶。

不過，反正包含芙塔在內共有四人要過去，應該不至於感到寂寞吧。

討論的大半時間，都花在有關傳送門的通行部分。

許多人反對讓人家無條件從「五號村」過來，認為會有危險。

同時，大家也認為從「大樹村」前往「五號村」不應太過頻繁。叫對面不要用自己卻正常使用，這樣說不過去。

實際上，使用傳送門的主要目的是進出貨農作物與商品。另外就是讓待在「夏沙多市鎮」的馬可仕與寶菈移動用。

因此，傳送門希望盡可能只在運輸作物和商品時使用。

不過，也得到了我、格魯夫、馬可仕和寶菈用來移動沒問題的結論。

當然，我在移動時似乎也會有護衛同行……

至於「五號村」的待遇，則是傾向隸屬「大樹村」但重視獨立性。

大家似乎也認為和其他村子同等待遇會有問題。

我認為「五號村」的規模太大，應該高一階；但是大家似乎將「五號村」看成低一階。

是我的錯覺嗎？因為沒有實際看過？還是說，因為那是別人擅自建立的村……或者該說市鎮？

唉，實際上當成單純的交易對象或許才是正解。

要不然連統治都完全交給人家也可以吧？反正我們這邊只要作物賣得出去就好了嘛。

啊～不過，不能太不負責任啊。也和「魔王國」那邊好好商量吧。

三天後。

連通「五號村」的傳送門開了。

之所以等三天，是為了準備建造宅邸的建材，並且運到迷宮裡。明明天氣還很熱，真是抱歉。

我們就突然把房子蓋好，讓對面的人嚇一跳吧。

「傳送門沒有異狀。天氣晴朗。沒有問題。」

先一步踏入傳送門偵察的蜥蜴人回來報告。

本來如果下雨，建設工作就要延後，既然放晴就沒問題。

建材先後經由傳送門運過去。

擔任建設主力的高等精靈與蜥蜴人們也開始移動。

我看到他們動身後，便離開迷宮。

高等精靈莉亞就在旁邊。我知道。建材還缺很多對吧？

我帶著小黑的子孫和座布團的孩子前往森林。

題外話，得知傳送門已經開啟的格魯夫，急忙回到「大樹村」趕往夫人面前。

她經常留守，我覺得應該不需要那麼擔心耶。

因為平常沒有女性靠近，但是這次有？

……啊，夫人是獸人族嘛。鼻子很靈敏。

11 「五號村」之路

我踏入傳送門前往「五號村」。

在打宅邸地基的同時，建材先後被運送過來。

作業以高等精靈與蜥蜴人為中心，不過「大樹迷宮」的阿拉子與其他座布團的孩子們也有幫忙。雖然很感謝大家，不過儘量避免被看見喔。因為好像會嚇到人。

文官少女組再三向我強調。

關於宅邸建設的部分，雖然我也有許多事要做，不過時候還沒到，所以我先去忙別的。

那就是重新決定「五號村」的區域劃分。

「五號村」原定在小山上平坦的部分建村，不過目前小山的側面已經建立起市鎮。如果獲准移居到上面的「五號村」，就等於要他們搬家，但是空間上不可能容納所有人。

原本就是個頂多六百人左右的計畫，再怎麼努力都不可能擠超過五千人。話是這麼說，但如果只接受一部分又會產生階級差異。

於是我和「魔王國」方，或者說和幾乎成了居民代表的兩位前任四天王商量，打算盡可能以目前的形式整合。

「五號村」上方區域的功能改變。

改為安置官邸、教會、政廳等與「五號村」行政相關的場所。允許自由往來，但是能居住的限定極少數人。

另外還有廣場，用來運動的空間了吧。畢竟在小丘的側面，幾乎沒有平坦又寬廣的地方，這個部分只能由上面承擔。

我雖然是為了當成孩子們的遊玩場所而提議，得到贊同的理由卻是當成集會場地。這樣啊，原來也需要這樣的地方啊？

儘管沒辦法讓全體居民到場，然而單純集合代表也為數不少。該在政廳旁邊另設會議廳嗎？需要納入考慮。

「五號村」所在的小山高約四百公尺。難以判斷是高是低，周圍的山也差不多高。

從山的頂端沿著坡度最和緩的南側斜坡，闢了一條有急彎折返的道路。這就是所謂的髮夾彎吧。

考慮到主要以馬車進出貨，所以路寬足夠讓兩輛馬車順利交會。在折返的急轉彎處，有塊能夠休息的寬敞空間。到此為止都和當初預定的一樣。

和預定不同的，則是以這條路為中心發展出市鎮。它成了一條大馬路。這麼一來我就不太敢讓馬車在這條路上移動了，應該說很危險。不，光是看都會怕，真希望能有個護欄。

啊，用命令的比較好是吧。那麼，弄個護欄出來。

關於道路的部分，我考慮闢一條新路。

乾脆把上山和下山的路線分開，這樣大概會比較安全。

市鎮往左右兩邊發展，因此為了確保路線，這件事決定得很快。

在小山的東邊和西邊各一條路，同樣有髮夾彎，當成馬車專用道。

呃，不是絕對不能在上面走，而是馬車來了要讓路。

咦？不管哪條路都是馬車優先？是這樣嗎？啊～或許有在某處聽過這回事。

小山的上方和下方分別築起護牆。

上方的護牆寬約兩公尺。高……該怎麼形容才好呢？小山上雖說平坦，但多少還是有些起伏。已經築有護牆的外圍區域也一樣。

築牆時，有注意至少要維持三公尺左右的高度。

雖然以護牆規模來說似乎等級比較差，不過因為是用石頭蓋成的，所以在我看來十分壯觀。

出入用的門分在東西南北四個地方。這些地方的規格要比其他部分來得嚴謹。然後南邊大概是正門吧，比其他門來得更氣派、更大。

下方的護牆……雖然已經蓋了約一公里，不過左右兩端沒有封住，尚未完成。要做到什麼地步啊？該不會打算把小山下方整個圍住吧？那樣比上方的護牆更高更堅固耶？只守好登山的道路不行嗎？

啊……為了那些非得在森林與平地進行的工作確保空間嗎？

目前有冒險者們常駐，他們會對付魔物和魔獸。

聽說將來打算在下方開闢田地……連那邊也要用牆圍住嗎？

用護牆堵在正面的山和右邊的山之間，再把和左邊那座山之間也堵住……用牆堵在山與山之間，是要在山谷開闢田地嗎？規模真大呢。計劃弄幾年？十年？不，二十年嗎？咦？我想明年應該辦不到喔。

這不是氣勢的問題，是人數……更何況，魔物和魔獸很難應付吧？不要勉強喔。要僱用更多冒險者，展開大討伐計畫？這、這樣啊。呃……雖然我說了很多次，但是不要勉強喔。

和兩位前任四天王談過後，得知聚集到這座「五號村」的居民是些什麼人。

初期來的多少知道些內情，但是不曉得消息從哪邊傳出去的，許多地方的居民都想搬來這裡。這些人主要來自西側。

換言之，就是遭到戰火破壞的地方。類似「二號村」的半人牛族與「三號村」的半人馬族呢。對他們溫柔一點吧。

話說回來，你們覺得會繼續增加嗎？已經攔下來了？意思是，看來還會增加？「夏沙多市鎮」？和「夏沙多市鎮」有什麼關係嗎？啊，人口增加對吧。那邊塞不下的人，聽到「五號村」的傳聞而來……傳聞是指？

夏沙多大屋頂的關係人士要建立新村。

……哪邊傳出去的？呃，畢竟這件事也沒當成機密嘛。仔細一想，管道很多啊。但是，我個人不想引人注目。就讓擔任本村代表的墨丘利種好好加油吧。

格魯夫和畢莉卡在「五號村」附近的森林裡和魔物戰鬥。

為了避免打擾他們，我等到戰鬥結束才靠近。以護衛身分同行的三名高等精靈和達尬也一樣。

拜託別嚇成那樣，我接近時有出聲吧？

格魯夫很有精神，畢莉卡則顯得疲憊不堪。

沒事吧？喔，不用回答沒關係。先喘過氣再說吧。

格魯夫……嗯？新的魔物嗎？真是奇怪的生物呢。陸生的海豹？金輪？會用魔法嗎？真是囂張。應付得來嗎？我知道了，就交給你處理。

我和畢莉卡一起待命……咦？要去？等等，還是別……要上場等喘過氣再去不是比較好嗎？妳說戰鬥不等人？或許是這樣沒錯……不過該休息時就得好好休息才行。

啊，不行。格魯夫，你身為師父該提醒她。達尬和格魯夫換手，去處理掉那隻魔物。不必勉強打倒，只要趕跑就行了。

嗯～該怎麼說呢，畢莉卡看起來很焦急。不，應該就是很焦急。有什麼讓她焦急的理由嗎？

我詢問了理由。

畢莉卡雖然得到自由，但是還有大約百名弟子沒釋放？他們是防止畢莉卡逃走的人質？如果不變強回去，弟子們會有危險？

……………

「村長，不好意思。短期內，我想集中鍛鍊畢莉卡。」

格魯夫下定決心。達尬也主動表示要幫忙。

我知道了。既然如此，我也不會吝惜提供協助。

但是，變強之後回去，對方真的會釋放弟子們嗎？就算畢莉卡變強，依舊沒有根本性地解決問題不是嗎？

這個疑問閃過我腦中。

可是，該怎麼辦才好呢？

有煩惱就要商量。

我帶格魯夫和達尬回到「大樹村」，找上手邊有空的人商量。

想個辦法吧，方案其一。

拜託始祖大人與魔王從外部施壓。

「可能有點困難。」

始祖大人對教會系統的影響力雖然強，卻沒有立場直接對「福爾哈魯特王國」表示意見。呃，如果造訪大概還是會得到應有的接待，但就算提了意見也很可能被無視。

「福爾哈魯特王國」，或者該說福爾哈魯特王家和教會關係良好，不過原因在於彼此互不干涉。儘管雙方似乎在與勇者有關的事情上罕見地有合作，即使始祖大人造訪大概也還是沒用。

至於魔王，則是戰爭中的對手。由魔王那邊提出的意見，福爾哈魯特王國根本不可能聽從。不，如果魔王為此事被迫在戰略上有所讓步，我可負不起責任。而且這件事也有可能成為新火種。

提議者：我。
否定者：芙勞、文官少女組與來逗弄芙拉西亞的比傑爾。
結果：擱置。

想個辦法吧，方案其二。
始祖大人或比傑爾入侵道場，以傳送魔法讓弟子們逃離。
「弟子雖然約在百人上下，但是還有配偶與小孩，全員共三百人。就算大家意見一致決定逃離，要在短時間內完畢也有困難。」
「如果潛入一事穿幫，那可就糟了。因為始祖大人是科林教的領袖，比傑爾大人則是『魔王國』四天王之一。」

提議者：芙勞。
否定者：格魯夫、達尬與來逗弄芙拉西亞的比傑爾。
結果：擱置。

想個辦法吧，方案其三。
龍衝過去「咚！」一下。
「相當確實呢。」
「是個好主意。」
「沒有問題。」

提議者：哈克蓮。
贊成者：多數。
結果：呃，我覺得以常識來說不行。

雖然事到如今，龍族也不在乎多一兩條惡評，但是總不能替他們惹這種麻煩。
更何況，也可能有個什麼萬一，導致龍族們受傷。畢竟我已經聽許多人說過，「福爾哈魯特王國」與勇者有關。我不想主動和這個國家扯上關係。

這麼一來，該怎麼辦才好？
需要更詳細一點的情報吧。

我和格魯夫、達尬回到「五號村」找畢莉卡談……畢莉卡呢？找不到畢莉卡的身影。
畢莉卡應該是一個人在「五號村」休息才對……
…………！
該不會，她為了不替我們添麻煩，一個人……找到了。
她被阿拉子用絲捆成一團。
「呃，這是……？」
我詢問阿拉子發生什麼事。
畢莉卡表示想幫忙蓋房子，卻看見座布團的孩子們而昏了過去。清醒之後她拔劍就砍，所以捆起來……我懂了。
座布團的孩子們沒受傷吧？阿拉子也沒有？那就好。
我已經交代畢莉卡不要靠近這裡了耶。或許是我的口氣不夠嚴肅。抱歉。
總而言之……我們把被捆成一團的畢莉卡搬離工地。
然後……先拿走她的武器，再替她鬆綁。
「那、那、那是……」
陷入簡單易懂的恐慌狀態了呢。總之先冷靜下來……喝點水吧。然後深呼吸。
「有一群惡魔蜘蛛的幼生體，那是怎麼回事？」

「牠們是我的家人。」

「家人……嗎？」

「沒錯。這些年來，牠們幫了我不少忙。」

「不、不過，那是……」

格魯夫壓住激動的畢莉卡。

「妳死了嗎？」

「咦？」

「死了嗎？」

「沒、沒有，還活著。」

「換句話說，就是這麼回事。」

「……」

怎麼回事？雖然不太明白，但是畢莉卡似乎接受了。

「我居然對村長先生的家人揮劍，實在非常抱歉。」

「啊，不，妳明白就好。」

畢莉卡不斷向我鞠躬，然後和格魯夫、達尬一起去向座布團的孩子們道歉。

…………

她應該不是什麼壞孩子吧。

唉，畢竟座布團的孩子們外表是蜘蛛嘛。會怕的人就是會怕吧。

文官少女組也叮嚀過。說是周圍的人會害怕，別帶牠們來比較好。

稍微反省。

嚇到座布團的孩子們了。改天用馬鈴薯幫牠們做點什麼吧。

畢莉卡告訴我詳情。

在道場當人質的弟子人數，正確說來是一百零二人，一群年齡在二十歲到四十歲左右的男女。大約十年前開始，他們就和畢莉卡一起在道場修業。

道場位於深山，幾乎相當於獨立的村莊。因此，弟子的配偶與孩子們也生活在一起。原來如此。

「如果能夠逃離王國，所有人都會贊成嗎？」

「老實說，我想大約一半吧。」

「是這樣嗎？」

有人樂意繼續當人質？

「包含我在內，大家在道場所學都以劍術為中心。雖然其他還有不少……但是我們沒有離開道場之後的謀生手段。」

目前似乎是向王國領取生活費。金額雖不高，但一直以來都這麼過活。

「用劍賺錢呢？」

像是教人家劍術啦、當冒險者啦，感覺有很多差事能做……

「應該有些人可以……不過大家太偏向對人戰了，我也是。」

這麼說來，畢莉卡在「夏沙多市鎮」武鬥會得到準優勝。也就是敗給優勝者……

「因為決賽對手使用劍與魔法的融合術。」

劍與魔法的融合術？不太明白。之後再問格魯夫吧。

總而言之，聽她說了許多，整理一下之後……

許多弟子雖然想逃，但是對逃離之後的生活感到不安，所以無法下定決心。

雖然詢問過有可能提供庇護的國家，對方不願與「福爾哈魯特王國」產生衝突，所以沒有舉手。

如果要逃，就得讓在道場村生活的所有人一起逃。

…………

「這麼說來，妳說非變強不可，是有什麼理由嗎？」

「我不太清楚詳情，是人家突然要我提升實力……我還得到了為期兩年的外出許可。」

「有人監視嗎？」

「沒有，無人監視。」

……？

這是怎麼回事？既然給這種指示，應該會讓監視的人同行啊？不，只是畢莉卡不曉得吧。

我看向格魯夫。

「有人監視，差不多五個。不過，聽說在畢莉卡到『夏沙多市鎮』進行冒險者登錄時，別的冒險者找上這些人……將他們硬是送上船趕回去了。」

「咦？」

「似乎是被當成纏著新手畢莉卡的怪人。不過，做出這些事的冒險者們，考慮到有可能是父母親擔心畢莉卡而安排的護衛，於是找我商量。」

因此格魯夫找上畢莉卡，成為兩人認識的開端。後來，又在武鬥會上讓她看見自己的英姿……原來如此。原來如此、原來如此。

「等等，為什麼要竊笑啊！」

「沒什麼。不過，這是身為前輩的建議。晚上好好努力，而且要公平。」

「咦？啊，我、我沒有半點這種意思！有一個就夠了！」

哈哈哈。我也這麼說過，但是不知不覺間啊～

我笑著調侃了一下格魯夫。

但是，究竟該怎麼辦啊？

我的名字叫畢莉卡・溫埃普。

稱號是劍聖。但是，不值得驕傲。因為我還太嫩，這點我自己最清楚。

如果師兄們還在，我大概沒辦法以劍聖自稱吧。

前代劍聖大人與師兄們能夠以一當千，都是些能夠孤身殺進百人盜賊團裡的強者。也因此不僅道場周邊，甚至能說整個「福爾哈魯特王國」都看不見盜賊與瀆職官僚。那時候的「福爾哈魯特王國」十分美好。

然而，命運弄人讓我得到了這個稱號，於是我認為：必須表現得不讓前代劍聖大人與師兄們丟臉。

不過，我知道自己實力不足。儘管在對人戰鬥方面有自信，除此之外卻一竅不通。這是一直在道場和相同對手練習帶來的壞處。即使在道場未嘗一敗，到了外頭還是不可能全勝吧。途中遭遇魔物時費了很大的力氣，讓我了解到這點。這樣下去不行。

前代劍聖大人也說過：

「做什麼事都需要力量。」

嗯，必須變得更強才行。

所以，我將「夏沙多市鎮」當成目的地。

在這之前，我姑且先巡迴了「福爾哈魯特王國」周邊各國，但是劍聖稱號在這些地方太沉重了。居然非得向王族打招呼不可……這超出了我待人接物能力的極限。應付衛兵隊長級的人物就讓我竭盡全力了。還有，什麼派對的我根本拿它沒轍。因為我根本不會跳舞，也沒有衣服。失禮了……呼。

「夏沙多市鎮」是個劍聖稱號沒意義的地方。簡單來說，這座城市所在的國家，正和「福爾哈魯特王國」戰爭當中。

哼哼哼，我要在這裡拋開劍聖稱號的束縛，從頭開始鍛鍊。

當前的生活費……把途中打倒魔物得來的素材賣掉勉強能應付，但是會讓人有點不安。

反正不久後有武鬥會，就參加比賽賺取獎金吧。若是按照這種武鬥會的規矩，我就有自信。考慮到優勝獎金……嗯，今天也吃咖哩沒問題。

澈底輸了。

決賽的對手使用了劍與魔法的融合術。

當然，以我的鍛鍊成果，光是這樣還不至於落敗；然而對方有六隻手臂。

他似乎是多臂族，但我是第一次和這個種族交手。我被六隻手臂帶來的獨特攻擊節奏玩弄，最後落敗了。

當下，我腦中閃過請這個人教導自己的念頭；但是我只有兩隻手，向他求教也沒用吧。遺憾。

我很快就見到讓自己喊師父的人了。

因為贏過我的優勝者，當場挑戰擔任評審的人。

獸人族男性，上一屆大會的優勝者，武神格魯夫。

我從觀眾的聲音得知他的名字。

名字是這時候才知道，但我早些時間已經認識他。我們是在冒險者公會附近認識的，他大概覺得一個人活動的我很可憐吧，於是教了我許多事。

分別後回頭一想，他問了有關我老家的事，說不定是騙子還什麼的，當晚我在床上非常後悔……不過似乎是個正派的人。

原來那純粹是出於關心啊，再次讓我萬分感謝。而且他好強。

不但輕鬆擊倒優勝者，還爽快地給了建議。

右邊最下面的手臂鍛鍊得還不夠？這種事我根本沒注意到。

總而言之，如果接受他的教導，我應該能變得更強。

我拋開羞恥心，不顧別人的眼光要拜他為師。但是沒得到認可。

「比我還強的人多得是。我也還在修業中，沒空收什麼徒弟。」

難以置信。居然還有比他……不，比師父更強的人在。

當時我以為那是不願收我為徒而撒的謊。

我也有不能放棄的理由，於是我拚命地跟著他。

師父說得沒錯。

比師父更強的人真的多得是。我嚇到了。

師父就不用說了，但那位叫達尬的蜥蜴人，也散發出和師兄們一樣的氣息。他似乎比師父還要強。

先前我認為非得表現得強悍不可，所以說話用比較偏向男性的口氣，不過現在要恢復原狀。想要只靠改變口氣就顯得強，實在太愚蠢了。見到師父後讓我這麼認為。

離題了。總而言之，我會喊師父的人只有師父。我既沒有尾巴，也不能巧妙地使用魔法。師父，今後還請多多指教。

話說回來師父，為什麼在說明我的強度時，要說我打不倒兔子？區區兔子我還是贏得了喔。

村長？抱歉，不管怎麼說，他看起來都只是個普通人。

那位叫村長的人，真的很不可思議。

不管怎麼看都是個普通人。假如說得好聽一點，就是有種高貴感？有王族血統還什麼嗎？講得難聽一點，就是感覺不夠實際。有種不食人間煙火的感覺……一直生活在道場這種狹小世界的我沒資格說人家呢。

總而言之，師父和達尬先生再三強調，絕對不能違逆他。他真的比師父和達尬先生還要強嗎？

你覺得惡魔蜘蛛是怎樣的東西？我覺得那是和死亡同等的存在。

即使是幼生體也一樣。人家告訴我，一旦遭遇了就等同於死亡，所以絕對不能靠近。牠們就是這樣的魔物。

有人把這樣的魔物當成家人。你覺得怎麼樣？

跟碰上惡魔蜘蛛的我相比，他更擔心惡魔蜘蛛的幼生體。難以置信。雖然難以置信……

但是在幼生體面前昏過去的我沒死。

換句話說，牠們不是敵人。而且，應該真的是村長的家人。

惡魔蜘蛛包含幼生體在內，是種充滿謎團的魔物。或許就算和人類成為一家人也不足為奇。

無論如何，我必須為自己對牠們舉劍相向一事道歉。對不起。

但是，惡魔蜘蛛的幼生體將村長當成一家人？也有惡魔蜘蛛，只是不在這裡？

…………

村長是神明還什麼的嗎？

神明……不對，村長找我問話。

問我想變強的理由。

先前已經說過好幾次了。

我之所以想要變強，目的是獲得自由。我雖然看起來能自由行動，卻不自由。「福爾哈魯特王國」為了綁住我，拿留在道場的弟子們當人質。

我如果不定期回去，不知道弟子們會怎麼樣。擺脫這種狀況需要力量。如果沒有讓所有人都認可的力量，就無法逃離「福爾哈魯特王國」。

「妳想對王國復仇嗎？」

我雖然對「福爾哈魯特王國」有恨意，卻沒打算復仇。

「若是為了自由，妳能拋棄劍聖這個稱號嗎？」

…………

老實說，我不想拋棄劍聖這個稱號。這是前代劍聖大人與師兄們守住的稱號。

「這樣啊。最後告訴妳一件事……格魯夫和達尬努力地在想，能不能為妳做些什麼。」

關於這件事，我心知肚明。每天的特訓，我再怎麼道謝都不夠。

「所以，我也在想能不能為妳做些什麼。」

這件事我也聽師父與達尬先生說了。謝謝您。

「但是，不管怎麼說都是他國事務，我能做的事情有極限。」

不，這本來就是我自己該想辦法解決的事。

「由我自發性去做的事有極限。」

…………？

「如果要超過自發性的範圍，需要依據。」

依據？

「講得簡單一點的話……就是報酬。」

報酬……難道說，要我交出劍聖稱號？

「笨蛋，別搞錯了。我才不要那種東西。」

那、那麼，雖然多少有些年紀，就用我的身體……

「夠了。下次再說同樣的話，就把妳轟出去。」

他真的生氣了。

但是，我手邊沒多少錢，能奉上的就只有這點東西……

「啊……『報酬』這個詞好像讓妳誤會了。抱歉。」

咦？

「重來一次吧。我、格魯夫和達尬已經自發性地採取行動，沒有任何人拜託。我們是擅自解釋妳內心的想法而行動。但是，這麼做有極限。」

啊……

「妳想怎麼做？如果不親口說出妳希望怎麼樣，事情不會有進展。」

的確是這樣。

我雖然說了很多，卻還是有些話沒講。

「沒人喜歡花了時間和心力還自討沒趣。」

真的，一點也不錯。

我端正姿勢，向村長低下頭。

「拜託您，救救我……不，救救我們。」

如果只說結論……

兩個月後。

在道場當人質的弟子，以及他們的配偶、孩子，全都移動到了名叫「五號村」的建設中市鎮。

執行作戰的那一天，「福爾哈魯特王國」似乎因為龍飛到國內而鬧得很大。

村長說他拜託了龍，但是要怎麼樣才能拜託龍呀？他說那是小姨子的丈夫……完全搞不懂。那是有名的惡龍對吧？

我們道場的原址除了前代劍聖大人與師兄們的墓之外，全都成了田地。

村長用一個晚上搞定的。好厲害。

「您在那邊種什麼呀？」

「因為是在墓地附近，漂亮的花朵比較好吧？」

…………

感謝您。

我們移動到「五號村」的方法好像是個祕密。

當然，我沒打算告訴任何人。

畢竟，那似乎是個貴重物品，因為看似村長夫人的人哭著抗拒。真的很抱歉。

我們決定在「五號村」生活。

聽說「五號村」還在建設中，所以就算多出三百人也沒差。

儘管暫時住在帳棚裡，但是很快就搬進屋子了。人家還替我們安排工作。只要不挑剔，工作似乎要多少有多少。得賺取生活費才行。

我和弟子們主要是在山腳下對付魔物和魔獸。將來希望能擔任類似「五號村」衛兵之類的工作，不過我深切感受到自己力有未逮。

我和師父……大約一週見一次。達尬先生也是。

兩位也會一併關照其他弟子。今後也請多多指教了。

最後。

劍聖這個稱號暫時封印。

雖然一方面也是不想和「福爾哈魯特王國」起衝突，不過主因是它對於現在的我來說太沉重了。

對於「現在的我」。

總有一天，我要成為與這個稱號相配的劍士。

結婚？咦？呃，那個，畢竟我也漸漸有點年紀了……雖然才二十五歲。

和師父？我、我對師父……沒、沒那個意思……呃，雖然我覺得他是個非常優秀的人。

如、如果有可能性……要考慮也是可以。

異世界悠閒農家

Farming life in another world.

Chapter,2

Presented by
Kinosuke Naito
Illustration by
Yasumo

〔第二章〕

秋冬的樣子

01.住家　02.田地　03.雞舍　04.大樹　05.狗屋　06.宿舍　07.犬區　08.舞臺　09.旅舍　10.工廠
11.居住區　12.澡堂　13.高爾夫球場　14.進水道　15.排水道　16.蓄水池　17.泳池與相關設施
18.果園區　19.牧場區　20.馬廄　21.牛棚　22.山羊圈　23.羊圈　24.藥草田
25.新田區　26.賽跑場　27.迷宮入口　28.花田

閒話　文官少女組　要求匿名

我是文官少女組之一，名字希望保密。

問我為什麼想要匿名？因為我個人沒有站到臺前的必要。我是文官少女組之一，這樣就夠了。

這次我想介紹我們文官少女組的工作。

首先，我們最重要的工作，就是記錄「大樹村」作物的收穫量，並且確保所需分額，將多餘的賣到村外。

好像很簡單，卻相當辛苦。

畢竟，在這個「大樹村」每年會收穫三次。

一年三次，春收、夏收與秋收。雖然感覺很怪，不過實際上就是這樣，所以也沒辦法。

你應該知道，這裡是個地獄狼會要求人家摸肚子的村莊。不可以在意小事。

每年收穫三次這種莫名其妙的事，如果沒有高興地想著「太好啦～每年的收穫量是三倍！」轉移注意力，可是沒辦法忍耐的喔。真的。

雖然沒辦法將注意力從管理三倍收穫量的工作上移開就是了。

打起精神，文官少女組還有別的工作。

管理獎勵牌。

這是以「大樹村」為主，再加上「一號村」、「二號村」、「三號村」，以及「四號村」所流通的通貨。

儘管村長說不是通貨，但我們認為是通貨。不過嘛，只要小心別外流就算不上什麼問題。

計算枚數的工作，也因為村長幫忙做了十枚一組的怪盒子而變輕鬆。謝謝你，村長。

慶典執行委員會。

超辛苦。

不止是「大樹村」，「一號村」、「二號村」、「三號村」與「四號村」的人也會到場，而且還有來賓。

迎接魔王大人……這什麼懲罰遊戲啊？我原本這麼想，但魔王大人還算小事。

迎接龍王（Emperor Dragon）、暗黑龍（Dark Dragon）與科林教的宗主大人……我們顯然不夠格耶？

村長說不要在意。

是，我不會在意的。

村長每年都為了慶典內容傷透腦筋；不過在我看來，只要熱鬧就好。
這個嘛，安全一點當然比較好嘍。最理想就是全員都能參加。
但是，這個村子是比「魔王國」還要混沌的種族熔爐。不能勉強。在許可的範圍內就夠了。
不過，餐點可得下工夫喔。畢竟村長想出來的料理每一種都很好吃。

和前述類似的工作，就是營運武鬥會。
所有人都摩拳擦掌，非常恐怖。
畢竟是世界第一決定戰。啊，這是我們自己私下說的。畢竟如果冠上世界第一這個名稱，參賽者都會認真起來。
這是村內娛樂活動的一環。

順帶一提，經歷過數次之後……我們變得不管是誰都敢罵了。
連自己也嚇了一跳。
唉，都說了要抽籤卻還硬是要人家選他，所以我們才會這樣嘛。
龍王大人、暗黑龍大人，兩位要打私下打不就好了嗎？
沒觀眾很冷清？呃，就算兩位這麼說也……
還有，魔王大人。

這是抽籤。公正的抽選。沒有舞弊。抽籤之前也檢查過了對吧？為自己的當選感到高興吧。請加油。雖然對方似乎是龍王大人的夫人……請您振作起來好好打一場。

其他工作裡規模比較大的，就是夏沙多大屋頂的相關事務。

這可讓人頭痛了。

當初聽說只是攤販規模的店，不知不覺成了大型的綜合商店，這種事誰想像得到呀？

而且，還要經營學堂和旅店……幸好似乎已經在「夏沙多市鎮」找到優秀人才，能夠將管理工作交給對方，這點實在幫了大忙。

這位人才似乎很有幽默感，會在送來的文書裡藏暗號。

「救」、「救」、「我」、「啊」。

哈哈哈，這笑話真不錯。

畢竟如果真的要求救，根本沒空安插這種暗號嘛。

我可沒用什麼暗號，老實地寫出來嘍。

「此處沒有多餘戰力。」

加油吧，未曾謀面的戰友啊。

奇怪，為什麼呢？眼睛流汗了。

把村長為我們做的甜點和回信一起送過去吧。這種點心似乎能長時間保存。

最後則是「五號村」的經營相關事務。

雖然說是建新村，但規模不是村。這是市鎮了呢。

幸好，「五號村」有不少優秀文官。雖然好像有很多不可以看的名字，但是我不會在意。

只要能幫忙整理文件，不管是誰都可以。

就像這樣，文官少女組的工作種類繁多。

除此之外，還有對於個人負責的村子進行收支管理、和「好林村」的交易相關事務等，真的讓人覺得非常辛苦。

像菈夏希還要照料半人馬族，更是令人尊敬。雖然我不會當面說就是了。

以上這些工作，都是由我們十位文官少女組和芙勞大人處理。

嗯，不管說得再怎麼含蓄，人手不足就是不足。

雖然沒有夏沙多的戰友那麼誇張，依舊需要援軍。

即使和芙勞大人商量過許多次，但是反應不佳。

每次找她商量，都會多出最新的計算工具、以高品質出名的文具、新的桌子與文件櫃等東西。儘管讓人很開心，但我們想要的是人手。人手不夠。

目前這種狀況，村長也知道對吧？畢竟幫忙做新桌子和文件櫃的人就是村長。

既然如此，請問一下。

這個極機密作戰是怎麼回事啊？

入侵某國，悄悄帶走數百人。

…………

這些事可以讓我聽到嗎？

不，更重要的是作戰參加者裡有我們文官少女組的名字耶？要消耗一個傳送門？您知道那東西有多大的價值……啊，不行。這個模式怎麼講都沒用。

找「魔王國」幫忙……絕對不行？如果可以，希望以這裡的人員搞定。

…………

請龍王大人或暗黑龍大人去那個國家「咚！」一下不就好了嗎？這樣也不行？您說有很多限制……唉，我知道了。

要帶走多少人？數字請盡可能正確。因為要確保糧食與住處。

而且帶走之後，要送來「大樹村」嗎？還是說有其他候選地點？「五號村」是吧。原來如此，如果是那裡，再多出幾百人也沒關係呢。

總而言之，作戰太粗略了！從頭想過！

文官少女組。

原本都是貴族的女兒，家人寄望我們成為魔王大人之女——公主的親信。

由於領袖芙勞大人離開期間的混亂，導致我離開公主身邊。我覺得有點幸運，但是不能說。

代替我成為公主親信的人們把事情搞砸了。

結果，引來芙勞大人的反擊。

居然做到這種地步……好殘忍。

我原本以為事情到此結束，但是不知道我犯下什麼錯，芙勞大人選上了我。

為什麼？

和我成為同事的，則是搞砸的新親信，以及像我這樣被疏遠的親信。大家待遇一樣。

當然，我對此有所不滿……然而不能說，因為我很快就明白是怎麼回事。

搞砸的人也好、被疏遠的我們也罷，大家都在與這種事無關的地方工作。

儘管彼此吵過架，但現在已經是可靠的同伴。

我們是一起面對大量文件的戰友。不會放過……失禮了。不會拋下任何人。

這個難得的大規模作戰，就是靠我們文官少女組撐起的。以此為傲的我，今天依舊在大量文件面前奮戰。

呵呵，夏沙多的戰友又送來暗號了。必須回信才行。

「請以現有戰力奮鬥。」

再送些甜點過去吧。

1 於逝去之秋所發生的事

冬天的寒意來襲。

嗯，現在是冬天。

今年的秋天很忙，感覺一下子就結束了。

忙碌的理由，則是建設「五號村」與畢莉卡弟子的拯救作戰。

雖然忙，但還是有記得收穫，也辦了武鬥會。

今年的武鬥會，露和蒂雅外出進行拯救作戰的事前準備所以沒參加。武鬥會上努力表現的是天使族琪亞比特。

「只要蒂雅不在，我就能贏！」

她以此為口號，在騎士組過關斬將，贏得優勝。琪亞比特似乎做了不少研究，半人蛇族的跳躍攻擊、座布團孩子的絲線攻擊與小黑子孫的高速移動等，全都準備了對策。

要說比較費力的，大概是對上同為天使族的格蘭瑪莉亞吧。但是，格蘭瑪莉亞前一場才和半人蛇族戰士長絲涅雅有一番激戰，陷入疲憊之中。琪亞比特今年似乎連分組都受到上天眷顧。

儘管當事者看來也有自覺，但是接過優勝獎盃時，她依舊和字面一樣高興得飛上了天，令人莞爾。

順帶一提，落敗的半人蛇族、座布團孩子與小黑子孫，則開始研究應該怎麼封鎖琪亞比特想出來的對策。

被選為受害者……更正，被選為練習對手的，則是天使族的蘇爾琉與蘇爾蔻。加油吧。

其他在武鬥會上努力奮鬥的……大概就是魔王吧。

嗯，魔王的籤運真的很不得了。而且，他展現了志氣。

四天王比傑爾、葛拉茲與藍登流著淚，熱烈地替他加油。雖然每個人都有一隻手拿著酒。

僅剩的四天王荷沒有出現在武鬥會會場，而是泡在矮人的攤子上。

我原本以為她都在喝酒，不過今年她帶來了自家領地釀的酒徵詢意見。啊，酒還是要喝就對了。

武鬥會……嗯，雖然發生很多事，不過大家開心又沒人受重傷，那就沒問題。

稍微把時間倒回去一點，約在秋季過半時，「五號村」的建設也結束了。

同時，「五號村」的管理體制也已大致決定。

九尾狐陽子正式就任「五號村」的代理村長一職。此外，「五號村」的宗教相關事務負責人，則由聖女擔任。

代理村長陽子是自願上任。

反正她本來就是「五號村」建設工作的「大樹村」方負責人，而且自告奮勇是件好事，所以我沒有拒絕。

我還在想她為什麼會突然改變心意，問了才知道似乎是想把之前託付一重那個村子的人找來「五號村」。原來如此。

「五號村」那邊也認為，與其從「五號村」裡挑選，不如由「大樹村」派人擔任代理村長事情會比較好辦，所以沒問題。

於是就此定案。

儘管陽子姑且算是「五號村」宅邸的主人，但晚上應該還是會回到「大樹村」吧。畢竟她的女兒一重在「大樹村」生活嘛。

聖女這部分，則是始祖大人的要求。

聖女的去處本來已經有了某種程度的結論；然而好像風波不斷，進展得不太順利。

原因似乎在於，有些人看上成為聖女所屬轄區帶來的權威，暗中為此爭鬥。

我原本在想，不是始祖大人喊一聲就能搞定嗎？然而暗鬥的似乎是組織基層，始祖大人喊話沒什麼效果。每個人的狀況不同，也有些人不認識始祖大人。

關於這一點，當事者自嘲地表示：因為他很少拋頭露面。

雖然該輪到喊一聲就能震懾基層的芙修出場，但是芙修也很忙；就在束手無策時，找到了希望。那就是「五號村」。

「五號村」有間科林教的教會，不也很好嗎？而且聖女待在這個地方，不也很好嗎？

至於聖女本人也希望能在那裡工作，所以就這麼辦了。

目前，聖女在「五號村」的教會工作。雖然晚上會和陽子一起回到「大樹村」就是了。這樣好嗎？

教會派駐了數名芙修挑選的神官，而他們住在教會裡。

剛蓋好的教會住起來似乎頗為舒適。

不過，看見個人房和床舖就流眼淚是怎麼回事？這讓我很在意他們之前是過什麼樣的生活，或者該說感到同情，所以透過聖女給了他們不少東西。

畢莉卡弟子的拯救作戰，於武鬥會結束後執行。

拯救作戰最重要的關鍵，就是吸引注意力的龍——馬克斯貝爾加克。

我預先拜託哈克蓮邀請他來武鬥會。由於委託內容大致上還是有先告訴人家，所以不是暗算他。報酬是酒、農作物，還有甜點類。甜點應該是要給夫人和女兒海賽兒吧。

作戰概要就是趁著馬克斯貝爾加克飛在天上吸引注意力的期間，在弟子們待的村子開啟傳送門。雖然或許不用吸引注意力，然而地點在和「魔王國」交戰的「福爾哈魯特王國」，我希望別惹出什麼麻煩。

因此，這次除了救援的弟子之外，其他人要儘量避免被看見。儘管對馬克斯貝爾加克不好意思，不過得請他努力一點了。我要求他碰上勇者也別交戰。要追上專心逃跑的龍，想來辦不到吧。

為了開啟傳送門，畢莉卡回到村裡。目的是搬運傳送門的指定石。

從決定救援到執行作戰花了不少時間的理由大半在此。

如果會用傳送魔法的始祖大人和比傑爾能幫忙，就能更快……但這種事也不能麻煩他們。不得已。

露和蒂雅負責護衛畢莉卡。

雖說是護衛，卻也不是待在身旁，好像是跟在後面遠遠地看著。

由於不曉得畢莉卡回到村子的時機，所以我們事先決定了日期與時間，馬克斯貝爾加克會在那一天飛過去。

因此，畢莉卡必須在那天之前回到村裡，說服要救援的弟子們。
雖然畢莉卡說不會有問題，不過要救的不止弟子們，還有那些弟子的關係人士。我預期會有人反對逃走。
但是，沒碰上問題。
好像全員都贊成逃走。「福爾哈魯特王國」真的不要緊嗎？
弟子們在指定的時間到來前，要一如往常地生活，並且在快到時整理好行囊。
開始的前一刻，露和畢莉卡會合，設置傳送門的指定石。
在傳送門開啟的同時，由高等精靈與蜥蜴人組成的二十人部隊和我從這邊出發。
高等精靈和蜥蜴人的混合部隊似乎是要護衛我，但是我拜託他們引導要救援的弟子們。
我則是用「萬能農具」把村子耕掉。
這是基於「村民消失會讓人覺得是逃跑；如果整個村子都消失，應該就很難認為是逃跑」的提案。
嗯，換成我大概也不會想到是逃跑，會以為是發生什麼異常現象吧。
等到那些弟子與關係人士移動完畢後，我、護衛我的高等精靈與蜥蜴人就以傳送門移動。而畢莉卡與蒂雅也移動。
最後由露帶著傳送門的指定石移動。我原本還驚訝地想「居然能這麼做」，不過似乎只有開啟傳送門需要它，之後就沒那麼重要了。

雖然就這麼放著不管，一段時間之後傳送門似乎還是會消失，但是我不想引起多餘的麻煩。我從回來的露手裡接過指定石，用「萬能農具」毀掉它。

這麼一來就能立刻關閉傳送門。

結果非常成功。

雖然蒂雅同行的意義不大，不過發生什麼萬一時她能抱著畢莉卡移動，所以有必要前去。

出乎意料的是：明明整個村子消失，這件事卻拖了一個月以上才有人提起。

是我提防過頭了嗎？還是說馬克斯貝爾加克太過顯眼了？

總之，畢莉卡和弟子們，以及弟子們的關係人士，全都移居到「五號村」了。儘管接下來的生活應該會很辛苦，但是希望他們能好好努力。

不過有個問題。

消耗掉傳送門，使得預定擔任傳送門管理員的米優沒了工作。

由於文官少女組大聲要求幫手，當事者也同意，所以在找到新工作之前，就讓她協助文官少女組。

這個秋天發生了好多事。

……

米優，妳的眼神像幽魂一樣耶……還好吧？喔，在幫文官少女組找幫手是吧。我懂。因為芙勞也在努力。雖然結果不太理想。

我烤了一種叫史多倫（Stollen）的點心，要拿些走嗎？雖然由我自己講像是自賣自誇，不過很好吃喔。嗯，要多少都可以。不過記得切片吃啊。就這麼咬下去實在是……不，算了。吃吧。嗯，吃吧。

文書工作。

我被發了戰力外通知。

好像是因為我雖然能計算，卻不懂文書格式。

這大概算得上幸運吧。

不，真的該找文官了。「五號村」似乎有許多人才，認真考慮一下挖角吧。要找陽子商量商量哪。

2 悠閒的夜晚

晚餐後，女性們由於種種原因，大半有事不在。主要是去溫泉了。

久違的一個人。不，是大家讓我獨處吧。謝謝妳們。

所以，我窩進自己房間的暖桌。

雖然只是在桌上蓋了棉被的暖桌，但是這樣已經夠溫暖了。暖呼呼。

暖桌上頭擺了橘子、地瓜乾，還有一小桶酒。

如果有電視大概會看個綜藝節目，但是這裡沒有。有點遺憾。不過沒問題。因為不會無聊。

首先，小貓們來了。

因為是今年春天出生的，應該九個月大吧？過這麼久當然長大了。

牠們從後頭鑽進暖桌裡的同時，還嫌我的腳礙事，「啪啪」地攻擊，真是群愛撒嬌的傢伙。

好好好，這樣行了吧？四隻都長大了呢。

小貓們的父親低著頭喵喵叫表示歉意。不用在意。你不進暖桌裡嗎？不用客氣喔。

我一掀起暖桌的一部分邀請牠，裡頭的小貓們就一同叫了起來。也不知是因為冷，還是不想讓父親進來。

……父親真難為啊。來吧，到我的腿上。

接著來的是小黑。

牠理所當然地趴在我身旁，於是我輕撫牠的背。我知道，再用力一點對吧。

小黑從趴著變成側躺。背之後是側腹嗎？你這個愛撒嬌的傢伙。

哎呀，不知不覺間酒史萊姆來了。
牠就在暖桌上盯著我的酒。喂喂喂，別直接喝。
那個杯子是我的。如果想喝，就拿自己的杯子來……啊，已經拿來啦。準備真周到。
好好好，我就幫你倒吧。

倒酒時，我注意到桌上的地瓜乾浮在空中。
仔細一看有絲。
我向上看去，便見到屋梁上的座布團孩子們。牠們各自帶著保溫石。
想來不是盯上地瓜乾，而是想強調自己的存在吧。我知道。我哪有可能把你們忘掉嘛。
所以，不用在那邊跳舞沒關係喔。
看，旁邊的都快掉下來……哇！還好有絲。不要「耶～」。居然弄得像搞笑短劇一樣。
不可以做危險的事喔。地瓜乾可以拿走，不過記得要大家分。

我就吃個橘子……咦？德萊姆已經坐到我對面，正在吃橘子。
即使遭到暖桌裡的小貓們攻擊依舊文風不動。大概就是因為這樣，所以小貓們跑來攻擊我了耶？好好，我把腳換個位置喔。
「所以呢，出了什麼事啊，岳父？」

「我來看孫女，女兒卻不給我好臉色。」

「……再來個橘子怎麼樣？」

「不好意思啊。」

我知道拉娜農很可愛，但是她還小，不要一直逗她玩比較好喔。而且她對拉絲蒂來說也是第一個孩子嘛。

你問我萊美蓮逗弄火一郎就沒關係？那有一半算是代替母親吧？何況哈克蓮好像也不介意。對於看上火一郎的古拉兒來說，需要面對兩個難纏的母親真是辛苦啊。哈哈哈。

我雖然不擔心火一郎，卻會擔心拉娜農。等到她出嫁……啊，還是算了。我才不會讓她嫁出去。

唉呀，回過神才發現陽子來了。

她毫不客氣地窩進暖桌，把裡頭的小貓趕出去。別欺負牠們啦。

在我抱怨之前，追加的酒桶和下酒菜已經擺到桌上。

……我沒意見了。還有抱歉啦，小貓們。抗議的叫聲就由我承受吧。

被趕出暖桌的小貓們紛紛壓在躺著的小黑身上。

沒問題嗎？四隻會不會太重？好乖、好乖，小黑真是溫柔呢。

陽子簡略地報告了一下「五號村」的事。

沒什麼問題。

之前商量過的文官一事，目前正往在「五號村」建立文書業務處理機關的方向推動。等到建立起來，文官少女組的工作應該也會變輕鬆吧。

芙勞也因為在「五號村」就能毫無顧忌地找熟人來而高興。畢竟「五號村」是「魔王國」領內的村子嘛。

感覺那裡會變得舉足輕重。

陽子拿來的下酒菜，是水煮白蘆筍淋美乃滋和麻糬。

白蘆筍是在「大樹迷宮」裡種的，大概是回來時採收的吧。嗯，好吃。

至於麻糬，則是剛入冬時搗的。

是隨便拿了些分成小塊的來吧。沒有烤。

好好好，我來烤吧。

我把腿上的貓挪開，從暖桌裡起身。此時，躺在小黑身上的小貓們衝向我原本所坐的位置。

看來我無處可回了。

我把麻糬放到火缽上的網子烤，同時往外看去，發現明明是晚上卻有個很大的灰色物體正在奔跑。

那是芬里爾。當初那隻小狼已經長大，都超過三公尺了呢。

和地獄狼的差別，大概在於尺寸和頭上有沒有角吧？還有，那隻芬里爾今年夏末生了孩子。兩隻長得像母親的芬里爾，兩隻毛色都是雪白色的。

儘管生下來已經過了大約三個月，但個子還是很小，和貓差不多大。

照料兩隻小芬里爾的，則是小黑的子孫之一，牠們的父親。

之前就聽說這對感情不錯，看樣子順利跨越了種族的障礙。唉，若要這麼說，我和露、蒂雅、莉亞、安……咦？我和同種族，或者說和人類……總之我沒有和人族生子。

…………沒問題。孩子已經夠多了。

呃，我知道其他人希望能生更多。不過孩子是神賜予的嘛，交給命運吧。

回歸原題。

芬里爾的孩子，是在小黑子孫們那棟小屋的一角長大。

牠們似乎不怕冷，冬天也精力充沛地在外面跑，所以父親看來很辛苦。

啊，剛剛之所以在奔跑，就是為了追其中一隻小孩吧。母親叼著小芬里爾回小屋。牠似乎也很辛苦的樣子。

我瞄向和德萊姆喝酒的陽子。

這邊倒是看來很輕鬆呢。不，只有現在吧。

想必是辛苦在我看不見的地方。嗯，沒錯。

我一將烤好的麻糬放到暖桌上，陽子便毫不客氣地拿去吃。

一口氣吃了兩塊。

…………

既然吃得那麼開心，就算了吧。

就在我準備烤下一批麻糬時，一陣熱鬧的腳步聲接近。

走進屋裡的，是烏爾莎、阿爾弗雷德、蒂潔爾、古拉兒與一重。

他們應該和女性們一起去溫泉了才對，大概是提前回來了吧。

一重一看見陽子便跑了過去。尾巴晃啊晃的，相當有趣。

阿爾弗雷德和蒂潔爾見狀，也跑來我這裡。哈哈哈，乖喔、乖喔。

烏爾莎和古拉兒則是毫不猶豫地窩進暖桌。小貓們再度被趕出來，抗議的叫聲很響亮。哈哈哈。

好一個悠閒的夜晚。

小貓們也大了，是不是該找公貓來啦？

我一邊想著這些，一邊在「大樹迷宮」裡揮舞鋤頭。

因為我曉得，即使進入冬季地下也不會受到影響，該生長的作物還是會生長。

儘管迷宮裡已經有田，但我這次是要將它們納入正軌，正式命名為「迷宮田」，以種植豆芽為主，再加上白蘆筍與蘑菇。

不過，和地上的田不同，有一條「在迷宮內生活者可以自由食用」的規矩。

豆芽收穫週期短，又有保存的問題，所以我認為能吃的人就讓他吃比較好。

所幸，地龍(Grand Dragon)愛吃豆芽，不會因為晚採收而長過頭或腐爛。不過，地龍的外表和體格看起來完全是肉食性卻愛吃豆芽，這樣好嗎？呃，只要吃得開心就沒差啦。

是不是該把迷宮裡的豆芽田再擴大一點呢？

發生了異變。或者該說是怪事。

牧場區的元老——馬，有老婆有孩子。孩子也到了差不多的年齡。

而且，雖然不是年年產子，卻也生了不少。

最年長的孩子……體格已經算是成年，但有匹陌生的馬貼著這匹小馬。

管理牧場的獸人族女孩這麼報告：

「牠毛色雪白，是一匹很漂亮的馬呢。」
「是啊。」
「性別呢？母的嗎？」
我記得，馬最年長的孩子應該是公的。
「母的。所以或許該考慮直接讓牠們配成一對，不過……」
「有什麼問題嗎？」
「不知道是哪裡來的馬。」
「不是野生的馬嗎？」
獸人族女孩斬釘截鐵地說不是。馬身上有名牌嗎？不，如果有就會知道是哪裡的馬了。
「我們認為是人家帶來這裡的。」
「不是我，我也沒接到報告……」
或者只是還沒到我這裡？

我在村裡問了一圈，但是沒人曉得。
獸人族女孩認為可能性最大的「某人從『五號村』帶來說」，也被陽子與聖女的否定推翻。
阿拉子和傳送門管理員阿薩、芙塔表示沒有馬匹通行，所以看來也不是牠擅自鑽過傳送門來村裡。
我認為最有可能是德斯或德萊姆，再不然就是始祖大人帶來後擅自放進牧場……不過也遭到當事者們否認。

不過，馬的真實身分查出來了。

看見這匹白馬後，德萊姆說了一句話。

「那是獨角獸吧。」

「既然叫獨角獸……有角嗎？」

雖然公的有角，但是母的似乎沒角，所以很難和普通馬匹區分。

德萊姆之所以能夠分辨，好像是靠白馬具有的魔力形態。

這樣啊，獨角獸嗎？看樣子，我一開始說的野生馬是正確答案。獸人族女孩向我道歉。哈哈哈，不必放在心上。

畢竟正確說來，應該是野生的獨角獸嘛。

然而，獨角獸不是只有公的嗎？似乎沒這回事。

獨角獸有公有母，而且「只有純潔少女能碰觸公獨角獸」似乎是迷信。

「不過公獨角獸好色倒是事實呢。」

「是這樣嗎？」

「嗯。你看，在那邊……」

一隻長角的白馬，追著我們家的小馬跑。

被追著跑的小馬，正是馬的第二個孩子……我記得是母馬。

換句話說……喂——！

在我衝出去之前，身為父親的馬已經往獨角獸撞上去。不愧是父親！

之後雙方對瞪……獨角獸不斷偷瞄小馬呢。缺乏專注力。就憑那副德行贏不了馬。

瞧，馬的後腳踹在分心看別處的獨角獸臉上。

………不要緊吧？會不會死啊？

唉，畢竟牠在父親面前追著女兒跑，或許該算是自作自受。

如果有男的敢纏著蒂潔爾、芙拉西亞、賽緹和拉娜農，我也會踹他一腳。不，或許會耕了他。

我摸摸激動的馬的背部安撫牠。

然後……這匹倒地的獨角獸該怎麼辦？

我本來在想，既然獨角獸有公有母，乾脆湊成一對就好了……不過牠們或許是兄妹。從態度看來，應該是姊弟？

母獨角獸和小馬中的長子，完全是兩情相悅。

……是兩情相悅對吧？嗯？是馬的長子主動告白，得到對方同意？幹得好。

要吃紅蘿蔔嗎？包心菜比較好？我知道了。就拿包心菜給你們吧。記得要一起吃喔。

問題在於公獨角獸和小母馬吧。

小母馬澈底拒絕，或者該說毫無興趣。

……放棄吧。咦？

如果那匹小母馬不行，其他的小母馬也無妨？啊～同樣身為男性，我要給你個忠告。這種態度可不行喔。如果我處在馬爸爸的立場，會折了你的角。

嗯，我說啊，我正在警告你吧？眼睛看向馬媽媽是怎樣啊？

結論。

這頭公獨角獸沒救了。留種的本能太強。這是特色嗎？

不，德萊姆說過公獨角獸好色。換句話說，公獨角獸大概都是這副德行吧。

該怎麼辦才好呢？

不，其他的公獨角獸會怎麼做？

「雖然不知道詳情，但是就我聽到的，好像會溜進牧場擅自交配後逃跑。」

……害獸嗎？

「不不不，馬和獨角獸交配後生下的雖然還是馬，但是會很強壯，所以牧場主人似乎很歡迎。」

這麼一來，就只是會替馬惹麻煩，或者該說是公馬之敵吧。

啊，該不會不是逃走，而是被公馬趕出去？很有可能呢。

總而言之，「夏沙多市鎮」附近有牧場，帶牠去那邊大概是最佳選擇？

這樣行嗎？嗯？小母馬們啊，怎麼啦？

牠們表示既然要去牧場，就帶匹英俊的公馬回來。

知道了，我盡力而為吧。

於是，母獨角獸就這麼留在牧場區。

公獨角獸則送往「夏沙多市鎮」附近的牧場。

我個人原本想等到春天，但是公獨角獸待在這裡也只會惹麻煩，所以儘管還是冬天，依舊決定儘快送去。

編組運輸隊。

我、格魯夫與獸人族女孩數名。

只是運送獨角獸和帶英俊的公馬回來，所以人數不多也沒問題。

……我知道了。追加五名高等精靈。

我原本在想，雖然多虧了傳送門讓事情變得相當輕鬆，來回大概還是要花上數天，但是獨角獸的腳程非常快。

從「五號村」到「夏沙多市鎮」只要一小時？什麼跟什麼啊？啊，不能只有我先走啦。回頭、回頭。我平安地和格魯夫他們會合。

格魯夫等人因為和我走散而臉色發青。讓大家擔心真是抱歉。

我在「夏沙多市鎮」和馬可仕、寶菈打聲招呼。然後聯絡麥可先生，前往牧場。

麥可先生似乎會直接帶我們過去。感激不盡。

我正想道謝，卻看見麥可先生騎上獨角獸，顯得非常興奮。

然後，麥可先生的長子馬龍在一旁排隊。

獨角獸到了牧場隨時都能騎吧？能騎的時候不騎會逃跑？喔，關於這件事的對策呢，只要隔出一片母馬專屬的區域……

如此這般，成了一趟小旅行。

馬可仕與寶菈也過得不錯，太好了。

夏沙多大屋頂……啊～嗯，不得了。變得相當不得了。

我雖然帶回了小母馬們的對象……不過牠們還要先觀望。

感覺還有戒心，所以遠遠地偷瞄對方。

是啊。就是因為做不到這點，公獨角獸才會……不，我也沒資格說人家吧。

回家後我才想到。
忘記替小貓們找對象了。
…………
算了，改天再說吧。
希望牠們還是小孩子的我，是不是太任性了呢？
我一邊摸著頭上和腿上的小貓們，一邊這麼想。

4 訪問「南方迷宮」

我決定去「南方迷宮」一趟。

起因是在今年武鬥會那一天夜晚的宴席上。
半人蛇族從「南方迷宮」、巨人族從「北方迷宮」前來參加武鬥會，是已經見慣的景象。
我原本以為這兩個種族處得還不錯。
但是他們吵架了。
「我們半人蛇族啊，負責替村長保管『迷宮輝石』。」

「哼。村長可是親自來過我們『北方迷宮』呢。」

半人蛇族和巨人族的場外亂鬥。雖然發生在武鬥會結束後，卻相當壯烈。

不不不，這種內容不值得爭吵吧？然而，事情比我想像中還要嚴重。

在那之後，半人蛇族和巨人族表現得和平常一樣。雖然和平常一樣……卻會欲言又止地看著我。

嗯，我知道。我知道了啦。

但是露和蒂雅認為，不該立刻聆聽他們的訴求。

是這樣嗎？似乎是。

所以我等了一段時間，直到今天。

我、露、蒂雅、哈克蓮、烏爾莎、阿爾弗雷德、蒂潔爾與五名蜥蜴人。

一行人坐在化為龍形態的哈克蓮背上移動。

除此之外，三十隻小黑的子孫與五名高等精靈，已經在數天前先一步動身。

儘管拜訪一事早已知會對方，但似乎還是需要有人先去打點。嗯，畢竟這人數也沒辦法都坐到哈克蓮背上嘛。

哈克蓮的背上除了我們以外，還載了很多要給半人蛇族的伴手禮。

需要準備這麼多嗎？在我看來，感覺就像去熟人家拜訪呀？

到了「南方迷宮」附近，我一看見目標地點就吃了一驚。

入口前，半人蛇族與看似已服從她們的魔物與魔獸，排著整齊的隊伍。

不不不，是不是太誇張了點啊？

哈克蓮無視我的驚訝在隊伍前降落。歡聲雷動。慢著、慢著。

大家一個一個從哈克蓮背上下去。咦？我最後？為什麼？呃，是可以啦……

首先是蜥蜴人們，然後烏爾莎自己跳下去。再來，蒂雅帶著蒂潔爾、露帶著阿爾弗雷德下去。最後是我。歡呼更加熱烈。

呃……不知為何半人蛇族哭了。

該不會是先到的小黑子孫們欺負她們吧？

注意到我的目光後，小黑的子孫們一同搖頭否認。不，開玩笑的。我知道你們不可能做這種事。

可是……冬天這麼冷，這份狂熱是怎麼回事？

我們在半人蛇族族長——裘妮雅的帶領下進入迷宮。

「南方迷宮」裡似乎是以寬和高都約五公尺的通道將各個大小的房間都連結在一起。差不多就像蟻窩那樣吧。

通道以立體形式交錯，成了複雜的迷陣，也不知是誰設計的。迷陣似乎就這麼往南方延伸，連到德萊姆居住的山。

相當大呢。據說不熟悉的人單獨闖進來，餓死也是稀鬆平常的事。感覺有點恐怖。

迷宮裡本來好像應該是一片黑暗。

但是，由於我們要來，所以半人蛇族在迷宮各處設置了發光石，不會讓人覺得陰暗。謝謝妳們。

還有，這種發光石令我很感興趣耶。

和之前始祖大人拿來的光石一樣？或者因為光色不同所以是不一樣的東西？

我們被帶到一個鄰近入口的大房間。應該三十公尺見方吧？天花板很高，大約有十公尺。

她們表示要在這裡舉行歡迎我們的宴會，然而房間裡有個王座擺在特別高的位置，看起來很顯眼。

……咦？我坐那裡？不是族長裘妮雅？有點不好意思……知道了。我坐，拜託不要全力表現出失望的樣子。

我一坐上王座，半人蛇族便爆出一陣歡呼，在洞窟內造成響亮的回音。

阿爾弗雷德、蒂潔爾與烏爾莎，你們不需要跟著一起喊啦。露、蒂雅和哈克蓮也是。小黑子孫們的嚎叫還真清楚呢。

真是的，這要持續到什麼時……啊，對了。我舉起手，示意停下。

真厲害，當場安靜下來了。

沒停的只有烏爾莎啊。我懂、我懂。

然後，所有人的目光都在我身上。

…………

咦？這個意思是，我該就這樣開始演講？

我再次明白自己沒有即興表演的能力。那樣就行了嗎？

啊……我想不起來自己說了什麼。不過應該沒有偏離「感謝半人蛇族的協助」這項主旨就是了。

「好感動。」

「居然那麼重視我等的努力……」

「活著實在太好了。」

看樣子沒問題。雖然有點誇張。

之後，是露他們的自我介紹。

阿爾弗雷德和蒂潔爾都很努力呢。很可愛喔。

烏爾莎倒是顯得落落大方。或者該說她好像表現得比我更有威嚴耶？想必會成為大人物。

但是，接下來又沒有要上戰場，不需要鼓舞半人蛇族到那種地步吧？

更何況，這是自我介紹喔？

欸、欸、喔～！

所以說不用戰吼啦……半人蛇族也很配合。真是的，這些人想和誰打仗啊？

自我介紹之後，則是介紹我帶來的伴手禮。

宴會遲遲無法開始。

是因為我無視流程演講的關係嗎？反省。肚子有點餓了。

宴會開始了。

相當熱鬧。

端出來的食物大多是生的，或是只有烤過的簡單菜色。

這是因為半人蛇族的飲食以生食為主。

不過，和「大樹村」交流後學會料理的她們，也不好意思地端出了幾道菜。

雖然比起「大樹村」略遜一籌，但是心意有到。我就不客氣地享用了。

所以，那些數都數不清的各種魔物蛋請容我推辭。不，問題不在於生吃啊……嗯，我沒辦法連殼一起吃。

由於是宴會，所以半人蛇族還表演了舞蹈和歌唱。

再次讓我體會到，她們的文化真是獨特。

接下來我們預定留宿一晚，明天中午回去。

可能是為了招待我們吧，半人蛇族準備了浴室和廁所，這份體貼令人感動。

我能為訪客做到這種地步嗎？

床鋪也多謝了。陪睡就免啦。

瞧，有露、蒂雅和哈克蓮在。不要表現得那麼遺憾。再怎麼說這點我都不會退讓喔。畢竟孩子們也在嘛。

嗯，孩子們也在。所以露、蒂雅和哈克蓮，麻煩妳們克制一下。

喂喂喂，不要用魔法強迫他們入睡。哦哦，烏爾莎撐住了！

儘管歷經千辛萬苦……啊，不，是我這邊的私事，和半人蛇族無關。

嗯，這趟訪問學到了不少。

呃，接下來回「大樹村」過一晚之後，就輪到「北方迷宮」對吧。那邊則不用過夜，採當天來回。

我知道。

可是，不給同等待遇行嗎？因為沒辦法給同等待遇，反倒是弄出差距比較好？

還真難啊。

我從「北方迷宮」回來了。

為什麼會變成我在那邊唱歌呢？我明明對歌喉沒自信……

不，就算有自信，要在眾目睽睽下唱歌還是有困難。

總而言之，當天來回真是太好了。就精神層面來說。

讓小貓們治癒我吧。哈哈哈。我知道，在小貓們之前是小黑對吧。我摸我摸。

我吃了煮南瓜。

嗯……

拿煮南瓜過來的露用手肘頂了我一下。唉呀，不好。

「這個南瓜真好吃呢。」

聽到我這句話，原先躲著的烏爾莎和娜特開心地走出來。似乎是她們兩人做的。

我誇獎她們「做得很好喔」。

不過，皮還是太硬。而且她們混進某種香草一起煮，氣味變得太濃。

該怎麼說才能在兩人拿去給別的村民之前告訴她們又不傷到她們呢？真是個難題。

「接下來妳們要讓誰吃？」

「呃～爸爸。」

娜特的爸爸，也就是加特啊？嗯，難題就交給加特吧。

但是，無心的一句話也可能毀了家庭。好歹要避免這種狀況。

「讓他吃之前，要講清楚是妳們自己做的喔。」

聽完我這句話，兩人很有精神地回答「知道了」就跑出去。

明明天氣那麼冷，卻精力充沛呢。

「外出之前別忘了多穿一點！」

煮南瓜的犧牲……試吃者包含我在內共六人。

看來真的是個難題。

「那是露妳教的嗎？」

「好像是她們自己在旁邊看著學的。」

如果是自己教的，味道會比較像樣一點——露得意地表示。

「這樣啊。妳沒吃嗎？」

「很遺憾。」

我從露的笑容看出一件事。

指定我成為第一個犧牲者的，原來是露啊。

相較之下，全部吃光阻止犧牲者……更正，阻止試吃者增加的哈克蓮簡直就是女神。

而且她沒有拖延下去，而是以暴力解法當場消滅問題。不愧是龍。

我正摸著哈克蓮的頭，滿面笑容的烏爾莎和娜特就來了。

「追加的份做好嘍～！」

…………

啊，露逃跑了。

哈克蓮……妳臉上的笑容在抽動喔。沒問題吧？撐得住嗎？加油。

還有，可以的話能不能放開我的手臂？

第二次似乎有看不下去的鬼人族女僕指導，味道和第一次相比正常多了，很好吃。謝謝妳。

至於逃跑的露，就讓她擔任阿爾弗雷德和蒂潔爾下廚的第一個試吃者吧。

大概是受到烏爾莎和娜特的影響吧。

嗯，數名鬼人族女僕在旁邊教導。

畢竟是冬天，不能浪費食材嘛。

…………

這麼一來，不讓人吃才是處罰呢。就由我先試吃吧。

真是和平的一天。

開始下雪了。好冷。
要說有多冷，差不多就是小黑想到外面上廁所卻在門口折返那麼冷。
忍耐對身體不好，該去廁所就要去。
希望室內有地獄狼用的廁所？已經有貓用的廁所，不是可以將就一下嗎？
我不是不懂這種心情……此時鬼人族女僕安搖搖頭。
考慮到小黑牠們的排泄物平均尺寸……倒也不是不能理解。
貓的排泄物根本沒辦法比。抱歉。我頂多只能把它蓋在屋子旁邊，而且要等到春天。
小黑一臉失望地衝向戶外的廁所。
回來之後，牠窩在暖桌裡一動也不動。就是這麼冷。

小黑的子孫們倒是精力充沛地在戶外到處跑。
馬、牛和山羊也很有活力。
雞擠在小屋裡。防雪措施做得很萬全，應該沒問題吧。
啊……烏爾莎、阿爾弗雷德。雪積得還不夠多喔。
那樣會變成堆泥人。
這不就弄得衣服上都是泥巴了嗎？會惹安生氣喔。
你們兩個，去洗個澡把衣服全換掉。哈克蓮，拜託了。

還有蒂雅，攔住想往外跑的蒂潔爾。
古拉兒由我擋……人選錯誤。
應該拜託哈克蓮壓制古拉兒的。畢竟古拉兒再怎麼說也是龍嘛。
承受古拉兒衝撞的我，就這麼被她頂出戶外。好冷。
好啦，回去嘍。
如果要玩，就挑個天氣好的日子。我抱起古拉兒衝回屋裡。
我現在有點明白小黑的心情了，想辦法在室內替牠們弄個廁所吧。

啊……天氣冷時泡澡真是太棒了。
我和阿爾弗雷德父子一起。
原本我沒打算進去，但是阿爾弗雷德想和我一起泡，那就沒辦法啦。
雖然我在懷疑哈克蓮與烏爾莎是不是不好意思一起泡……不過還太早吧？他們還是小孩。
父子在浴池裡並肩而坐。
……
為什麼德萊姆會坐在我們旁邊？
「我來看孫女，結果女兒沒給我好臉色。」
……

讓身子好好暖和一下吧。

德萊姆和阿爾弗雷德離開浴室之後，我本來想趁著泡澡的機會替小黑洗個澡，但牠不肯離開暖桌。

小雪代替牠來了。

雖然這裡是男澡堂……算了，也罷。於是我替小雪刷洗一番。

她平常就會注意清潔，所以沒什麼汙垢。

洗完身體後，小雪走進浴池，泡在熱水裡。

哈哈哈，很舒服是吧。

嗯？小黑來了。

寂寞了嗎？還是嫉妒呀？別客氣，我幫你好好洗一下吧。

小黑和小雪並肩泡在浴池裡的模樣真是溫馨。

逃避現實。

小黑一、小黑二、小黑三和小黑四以「還沒輪到我嗎」的眼神往這裡看。

小黑一他們待在外面的時間多，所以身上比較髒。

雖然腳在踏入屋內時會先擦過，所以很乾淨。

算了，乾淨總是比骯髒好嘛。畢竟身上髒的時候牠們就會有顧慮，不肯鑽進暖桌裡。

好，我就幫你們澈底洗乾淨吧。

寒冬的一日。

我在浴室裡度過。

之所以沒有感冒，應該是多虧了「健康的肉體」吧？

「報數！」

汪、汪、汪、汪、汪、嗡、汪！

有一隻叫得很有個性呢。

怎麼啦？只是緊張到變了音而已？嗯，我沒生氣。不要在意。不過，注意別鬆懈了。

準備好了嗎？

小黑的子孫們一同點頭。表情嚴肅。

很好，那麼要上嘍。

我算好時機，和小黑的子孫們一起衝鋒。

對面是以雪蓋成的要塞。目標是設在要塞裡的旗幟。

一邊躲避往來交錯的雪球……為什麼集中攻擊我！唔喔喔！

我被幹掉了。

和我同時衝鋒的小黑子孫們也在稍後全滅。

雖然沒想到會這樣，但也是不得已。

因為阿爾弗雷德和蒂潔爾沒有丟雪球，而是拿在手上衝過來。

小黑的子孫們很溫柔。要是躲開會讓牠們摔倒，只能用身體承受。

順帶一提，做出相同行為的烏爾莎和古拉兒則是被躲開了。因為力道不一樣。

嗯，應該用可愛一點的速度衝出來。

不過，躲開烏爾莎和古拉兒的小黑子孫們，依舊在遭到包圍後挨了雪球。

問題在於作戰計畫，還是在於數量？

我們這邊是我和小黑的子孫七隻。對面則是以烏爾莎與阿爾弗雷德為中心的孩子們，以及他們的保護者。

特別是以阿爾弗雷德保護者身分參加的鬼人族女僕，擲出的雪球十分凶惡。

畢竟雪球擊中物體時的聲音不是「啪」，而是「咚！」啊。

減少小黑孩子數量當成讓分，實在是失策。

應該以當初想參加的全員——五十隻開始才對。

畢竟小黑的子孫們沒辦法丟擲雪球，這樣的數量不是剛剛好嗎？我後來為什麼要減少牠們的參賽隻數呢……

「爸爸，汪汪的數量好多。」

因為是蒂潔爾講的嘛。沒辦法。

嗯？再一場嗎？好吧。

分隊照剛剛的無妨。

我後面的小黑子孫們也點頭。

嗯，可別以為我們會連戰連敗喔！

連戰連敗收場。

有一場小黑的子孫使出「躲在雪裡前進」這種誇張的手段逼近到咫尺之間，依舊被烏爾莎發現了。

直覺真敏銳。

好啦～孩子們。玩完之後就該洗澡了。溫暖一下冰冷的身體吧～

洗完澡之後，我會幫你們烤麻糬喔。

「醬油？」

「砂糖？」

「味噌？」

想吃什麼口味都行喔。味噌是娜特嗎？真老成呢。

「我喜歡毛豆泥的。」

「我覺得直接吃就夠了，那樣很好吃。」

「黃豆粉加砂糖最厲害。」

好好好，什麼口味都沒問題，先去洗澡。

火缽不夠。麻糬再怎麼烤都趕不上。

口味的部分，有鬼人族女僕們幫忙準備……

但為什麼是我一個人烤啊？因為打雪仗輸掉嗎？嗚嗚……我也想吃。

嗯？喔喔，蒂潔爾。那該不會是為了我……不是。

她去蒂雅那邊了。嗚。

果然還是母親比較好嗎……

不知道什麼時候出現的始祖大人和德萊姆也在大嚼麻糬。

誇讚烤得好吃是很讓人高興啦，但是你們不打算來幫忙烤嗎？不。我不是要你們去倉庫拿追加的麻糬過來。

入冬之後，好像花了不少時間玩樂……不過我只在天氣好的日子玩。
天氣不好的日子，則是在家裡做些瑣碎的工作。
雖說要工作……不過冬季期間好像都在和小黑的子孫們玩，沒有和座布團的孩子們玩到。
畢竟座布團的孩子們不會去冷的地方嘛。於是我在室內和座布團的孩子們玩。

第一彈。
我準備了個大棋盤，讓座布團的孩子們背起模仿將棋棋子的模型。
不是人體將棋，而是座布團孩子將棋。
規則和普通的將棋一樣，但是有一條「所有棋子至少要動過一次」的規則。
畢竟難得參加，總會想動一次嘛。
好啦，對手該找誰？
座布團孩子裡看起來擅長下棋的……不知不覺間小黑四已經坐下。
雖然很不好意思，但我還是婉拒了小黑四……小黑四強烈抗議。
不不不，你在村裡的西洋棋大會一直蟬聯優勝吧？你將棋也很厲害我可是知道的喔。我下得很爛。
要讓子開局？不不不，座布團的孩子們才是主角。背那些讓子的座布團孩子會哭喔。把讓的棋子放到我這邊開局也沒關係？

…………

讓哪些？這個和這個……咦？這個也讓？那個也讓？

「一決勝負吧小黑四！你的不敗傳說今天就要結束了！」

我輸了。

雖然序盤占有優勢，卻被所有棋子都要動一次的規則扯了後腿。

不管戰力多強盛，棋藝差就是差嗎？不甘心。

雖然想要求再來一局，但這回主角是座布團的孩子們。

玩得高興嗎？嗯？剛才的對局，在這種場面時該這樣動比較好？

不，那麼下的話不就會被……不不不，會這樣……哦哦，贏了。

…………

座布團的孩子們將棋下得比我好。

換言之……

「小黑四，再一局！下次雖然是我拿棋子，但動腦的是座布團的孩子們！」

怪了？為什麼棋子一個也不少？不讓子嗎？不認真下會輸？

…………

雖然我明白座布團的孩子們比我強，但是心情很複雜。

儘管棋局很精彩，但還是贏不了小黑四。
明明背小黑四那邊棋子的座布團孩子們也幫忙出了主意……真遺憾。
嗯？很中意將棋棋子的模型？要拿走也沒關係喔。
不過，我沒辦法幫全員都做一個，小心不要炫耀過頭了。
好啦，和座布團孩子們玩的第二彈是……怎麼啦？西洋棋棋子的模型也想要？
第二彈之後再說就好？知道了，那我就做吧。

這次背棋子的，都是些拳頭大小的孩子。
對於雜誌大小和半張榻榻米大小的孩子們來說太小了。
……
知道了，拜託別用那種眼神看我。我會加油。

日後。
棋盤上展開一場將棋對西洋棋的大戰。
雖然看不出哪邊占優勢，想必很熱烈吧。
途中小貓闖入。

座布團的孩子們一哄而散。
我抱走小貓之後，棋子又回到原來的位置。嗯，漂亮。

間話　瑟蕾絲汀・羅金

我的名字叫瑟蕾絲汀・羅金。
羅金家的三女。雖然一副好像自己很了不起的口氣，但我只是個農家女。
我這個農家女呢，受到奇妙的命運牽連。
原因在於聖痕。
十歲的時候，我的雙手手掌冒出奇怪的色斑。
因為形狀不可愛，所以我把它藏起來，但是被教會來村裡的人發現了。
教會的人非常興奮，和村長與我爸爸講了這件事。
結果，好像變成我要離開村子，和教會的人一起走。雖然很遺憾，但這種事常發生。
教會的人會和我一起到目的地，或許多少好一些。
要說唯一的不滿，大概是教會的人付給我爸爸的金額吧。
便宜。太便宜了。這種價格連山羊都買不起。

我的價值就這點程度嗎？我覺得就算付十倍也不至於遭天譴耶？真傷心。

所以我成了不良少女。

大概也是因為正值想破壞有形物體的年紀吧。

雖然因為覺得可惜，沒有實際破壞東西，但是和教會的人同行途中，我表現出非常不合作的態度。

如果人家要我坐馬車，我就坐到馬車車頂；如果人家叫我吃飯，我就連其他人的份也吃掉。

……這是個失敗。

看樣子，人家將我當成一個完全沒受過教育的女孩這麼對待我。

「上馬車之後，請坐到最裡面的座位。所謂座位就是指椅子。請坐在椅子上。所謂的坐，就是把屁股放在上面。對，很好。那麼就保持這個姿勢不要動，尤其是不要讓腳抖來抖去。知道了嗎？」

做什麼事都變得像這樣。我一再道歉，但是沒有用。

是，我不會再反抗了。

教會的人把我帶到大城市裡的氣派教會。

我在那裡進行聆聽神之聲的修行。

修行期間，有好幾位教會的大人物來見我。

我不用修行了嗎？每次打招呼都會被打斷耶？啊，又要換衣服是吧。這次又是哪裡的誰？

必須配合對方換衣服實在非常麻煩。

我知道了，最好的禮服是吧。看樣子對方是個偉大到不行的人物。真麻煩。

開始修行之後過了約兩年。
實際上，我覺得自己修行的時間連一半都不到，但是我聽得到神的聲音了。
起先我以為聽錯了，不過那好像就是神之聲。
只是聽得到而已，沒辦法對話。
聽起來感覺就像幾十個人同時講話。
我只是從裡頭聽出有意義的話語，並且將它說出來而已。
這時候我並不知道自己說了什麼。雖然不可思議，但是我不記得，所以也沒辦法。
只不過，教會的大人物全都對我低下頭。

從這天起，我被稱為聖女，有十個人負責伺候我。
房間也換到最高級的房間，過著夢一般的生活。
但是，每天都必須聆聽一次神之聲，要說會累也是沒錯。
不過嘛，教會的人應該比我更累吧。
聽完神之聲以後，有人喜極而泣，有人嚇到失神……我到底說了什麼啊？
雖然在意，但是不管問誰都沒人告訴我。

好像是因為如果給我多餘的知識，會扭曲神之聲。

雖然明白了，但是讓我很不滿。

自從聽得到神之聲以後，究竟過了多少日子呢？

差不多四個月吧。

教會遭到不知名人物襲擊，在村子裡長大的我驚慌失措。

一群黑衣人來襲。

他們甚至已經攻到我眼前。目的似乎是我。

不過，勉強擊退他們了。

對方似乎也沒料到我居然會出手攻擊。

在村子裡長大的女孩，為了保護自己要學很多東西。

來到教會以後，我也會在睡前花一小時練習。

練習的成果——左勾拳打在襲擊者的右腹上。特徵是看起來由下而上的軌道。

然後是襲擊者的哀號。

哼哼哼，再怎麼強壯的人，被打中那裡都會痛昏過去喔。

雖然必須打得夠準就是了。

在他倒地之前，我對同一個部位打了三拳，然後往軟倒的襲擊者下巴揮出右上勾拳。漂亮的攻擊。

只不過，襲擊者儘管受了傷，卻還是成功撤退。讓他逃了。真可惜。

但是，我幹得很好。勝利的姿勢！

雖然伺候我的人嚇到了。

呃，妳們不是必須擋在我前面保護我嗎？初次見面打招呼時，妳們說過也兼任護衛對吧？要不要從今晚開始一起練習？

襲擊發生許多次。

儘管我被綁走兩次，卻都在人家動手做些什麼之前就被搶回來了，真忙。

啊，我和襲擊者之一成了熟人。就是我第一個攻擊的襲擊者。

他好像是受僱的，還很同情我。

不過，還是會綁架我對吧。對待我時很小心這點倒是幫了大忙。

教會方也不是無能。

他們有呼叫援軍，也僱了對本事有自信的冒險者調查對方。

然而，總是慢人家一步。

對，我又被綁架了。

第三次。

這一次救兵會在什麼時候來呢？

……沒人來救。看來教會方確實無能。真是的。

過了半年左右，我在被綁來的地方傳達神之聲。

我無法違抗他們。畢竟反抗會落得悲慘下場嘛。

如果乖乖聽話，人家就會好好對待我，也會替我準備吃的。

在這裡不用每天聽，一週只要一次，大人物好像也比較少，所以很輕鬆。

……

我甚至在想，救兵晚一點來應該也可以吧。

來救我的雖然是教會，卻屬於別的勢力。

而且我這時候才知道，綁架我的也是教會勢力。

……

這是怎麼回事啊？太複雜了。

不過嘛，至少知道每個勢力都想要我。好吧。

我就去待遇最好的地方吧。

「據說把眼睛戳瞎，能讓神之聲變得更清楚。」

啊，不行。那個勢力不行。恕我拒絕。誰來救救我！

我被反覆綁架好幾年。

去過各式各樣的地方，真的很難受。

對，從輕鬆的勢力被綁到嚴苛的勢力時很難受。

特別是被綁到東西不好吃的勢力時，我甚至考慮過靠自己脫逃。

每天三餐都吃粥……而且，淡得幾乎和水一樣。

話雖如此，大人物卻吃得很豪華，所以我很認真地希望他們遭天譴。

最後確保我的，是隸屬於科林教總部的武力集團——以恐怖聞名的集團。

原本以為他們會就這麼把我藏在教會總部，卻被擺到某個村莊。

要我暫時在這裡藏身。

看來是顧慮到我本來是農家女，但這段時間我也經歷了不少事。

缺乏刺激的農村生活要滿足現在的我……我換衣服的次數多到數不清。如果這就是神的試煉，未免太殘酷了。

我好歹也有羞恥心喔。還有，對不起我講話不該那麼囂張。要承蒙您照顧了。請多多指教。

是，既然您願意原諒我，那我就暫時待在房間……啊，雖然有點晚，不過感謝您給了我房間。

飯超好吃。

習慣這個村子讓我花了很多時間。
給大家添麻煩了。非常抱歉。
還有，這個葡萄酒色的史萊姆幫了我很多忙。
偶爾還會拿酒過來呢。謝謝你。
一起挨鬼人族女僕罵也是難忘的回憶。對不起我不該偷喝酒。

這個村子沒有給我特殊待遇，大家把我當成一個普通女孩。
所以我也沒把自己當成聖女，而是以一個女孩的身分在村裡幹活。
收穫令人懷念。
這個村子的作物全都長得很好，令人羨慕。

但是，我真的不需要做聖女的工作嗎？來到這個村子之後，我經常聽到神的聲音耶？
嗯，很乾淨。感覺像神就在身邊。
哎呀？貓貓，怎麼了嗎？
呵呵，雖然我一開始會怕，不過現在已經沒事嘍。
為什麼我看見貓貓會昏過去呢？啊，不需要道歉。錯的又不是貓貓。讓我抱抱你吧。
嗯～為什麼呢？這種異樣的感覺，簡直就像抱著神一樣……應該是錯覺吧。

一起去向創造神打招呼吧。這是我每天的例行公事。

那尊神像很厲害對吧。雖然好像是村長親手雕的，卻會讓人自然而然低下頭。

能不能讓我負責管理那尊神像啊～

來到村子一年多一點。

我正式在村裡定居了。

科林教總部的大人物似乎幫我找了許多落腳的地方，但好像每個地方都不太順利。

雖然他向我道歉，但是沒有這個必要。

今後我會在這個村子生活。

不過，職場在別處。

我的職場是通過村子地下道後抵達的「五號村」教會。

明明是地下道，通過之後卻會來到小山上，令人感到相當不可思議。但是我不會在意。在村裡的生活已經讓我習慣不可思議了。

我成了這個教會的第一號人物。

這樣好嗎？雖然只有我一個，所以明白為什麼會這樣……不，我會盡力而為。

但是一個人也就表示……對不起。

說來慚愧，其實我不太清楚教會的儀式。

畢竟我雖然身為聖女，卻是扮演祭具的角色。

只是一動也不動地待在原地而已。

得知內情的科林教總部大人物，帶了好幾名神官過來。真的是幫了大忙。

是的，許多事要麻煩各位了。

咦？我也得學？

…………

知道了，我會努力。

不過是從明天開始。今天要在「大樹村」幫忙收穫。

對了、對了，有關「五號村」收穫祭的事，我會和陽子小姐商量。

我覺得規模大一點比較好，您覺得怎麼樣？

…………抱歉。看來我的問法不對。

收穫祭該吃得豪華一點呢？還是樸素一點呢？

就是說嘛。

那麼，商量時就以這個方向為準吧。

我的名字叫瑟蕾絲汀・羅金。

雖然是個能聽到神之聲的聖女……但我已經不怎麼在意了。

「可以在教會後面種田？真的嗎？種的作物可以讓我選對吧？謝謝您。」

因為我小時候的夢想，就是有一塊自己的田地。

呵呵，我可不會饒恕糟蹋我田地的傢伙喔。

我會請神詛咒他，然後讓他吃我的必殺左勾拳。

我和「大樹村」的村長熱烈地討論農務話題。

7 冬天的「五號村」

我在工房裡雕了一尊創造神像。

尺寸比人類稍微大上一點，超過兩公尺。

人家下訂時註明要擺在「五號村」的教會，因此需要稍微大一點。

我自己也覺得做得不錯，感到相當滿意。

要說美中不足之處，就是雕的地點。始祖大人以羨慕的眼神看著它。

不不不，始祖大人之前下訂的份我已經交貨了吧？

「想蒐集全部乃是人類的可悲天性。」

你是吸血鬼吧？

如果願意幫忙運送，我倒是可以雕喔？始祖大人當場同意。

雖然很感謝，但是沒辦法完全一樣喔。因為會雕成木頭自己想要的模樣嘛。

唉呀，這話講得好像藝術家。呵呵呵。

「話說回來，村長。旁邊的是？」

「小黑、小雪、座布團、貓與酒史萊姆的迷你模型。」

「每一個都充滿躍動感呢。雕來當伴手禮的嗎？」

「怎麼可能。是『五號村』的聖女……不對，是瑟蕾絲想要啦。」

不稱呼她為聖女而叫她瑟蕾絲是當事人的要求，所以我有注意。

仔細一想，聖女等於職稱嘛。該反省一下。

藉由始祖大人的傳送魔法與蜥蜴人們的協助，創造神像順利放進「五號村」的教會大廳。

好像放到了一個很顯眼的位置，這樣沒關係嗎？

雖然始祖大人說沒問題，但這裡的負責人畢竟是瑟蕾絲。

創造神像的背上，背了好幾根用來呈現後方光芒的棒子。我有特地留下插這些棒子的洞。

感覺就像把漫畫的集中線立體化。

雖然覺得可能有點多餘，但我還是以好懂為優先。

始祖大人很驚訝，是因為沒見過這種手法嗎？我以為就神明雕像的呈現手法來說這是老招了耶？

小黑牠們的迷你模型沒擺在大廳，而是在裡面的瑟蕾絲房間。

放在盆栽的根部。

原來如此，是個好位置。

之後，我稍微參觀了一下「五號村」。

畢竟先前運送獨角獸的時候，沒空悠哉地逛嘛。

「五號村」比先前繁榮許多。

小山上由於高等精靈們的努力，已經成了有模有樣的村子。

一眼望去就能看見偏北側的村長宅邸，以及旁邊的教會。稍遠處是村議會場，還有寬廣的操場與小牧場。牧場旁邊則是交易所。

「五號村」的代表——代理村長一職由陽子擔任，所以村長宅邸似乎被稱為陽子宅邸。

這棟宅邸的倉庫地下室有傳送門，可以通往「大樹迷宮」。

陽子宅邸被當成代理村長的私人空間，是棟普通的住家。

目前約有二十名陽子挑選的傭人住在這裡。

傳送門一事，姑且還是對他們保密。
祕密由芙塔把守，但傭人們似乎沒有來打探過。
另外，又來了三位墨丘利種。他們負責擔任陽子的輔佐人員。

希伊・佛格馬。
外表像個老練中年戰士的男性。
儘管看起來似乎揮劍比動腦快，卻意外地是個頭腦派。
如果有個萬一，他將成為「五號村」軍隊的中心人物。
似乎很受「五號村」寡婦們的歡迎，中午總會收到許多慰勞品。
「在下的肚子沒有那麼大啊……嗝。」
他很老實地全吃了。

洛克・佛格馬。
年輕的文官青年。
戴著眼鏡，看上去就有種腦袋很好的感覺。
雖然初見面時顯得很冷靜，但是從文官少女組那邊接下的工作量，很快就毀了他的形象。
變成了熱血角色。

「拜託把米優調過來啦。只靠我一個人實在沒辦法！」

抱歉，加油吧。

娜娜・佛格馬。

乍看之下是個普通的村姑。

儘管這話很失禮，但就是那種隨處可見的感覺。

不過實力相當驚人。

從諸多情報裡擷取所需資訊的處理能力，不會錯過重要資訊的直覺。

於是我讓她以「五號村」為據點，負責統整蒐集來的情報。畢竟各地的作物價格和新聞很重要嘛。

目前，她似乎正在挑選、訓練蒐集情報的人才。

…………

負責蒐集情報的人為什麼要練習小刀的用法啊？防身用嗎？

陽子宅邸成了私人空間，所以陽子在村議會場辦公。

村議會場由大間的會議室和小間的個人房組成，陽子將其中一間個人房當成代理村長的辦公室。

那裡有數名從「五號村」選出的男女祕書協助陽子的工作。

這些祕書大概有在別處當過祕書的經驗吧，做事非常俐落。

而且，陽子當代理村長比想像中還要稱職。改天為陽子弄點她愛吃的料理吧。

桌椅在大間的會議室裡排成圓形，另有一張椅子高出一截。
我以為是陽子的席位，但我錯了。那似乎是我的座位。
代理村長的位置在那張椅子右側——帶我參觀的祕書解釋道。原來如此，是這樣啊。
話說回來我有件事想商量，把那張高出一截的椅子換成普通的……不行嗎？
不行。
祈禱沒有出席「五號村」村議會的機會吧。

村議會場裡有餐廳。
這裡的餐廳長，原本在夏沙多大屋頂的「馬菈」工作。
「雖然火候還不到家，不過請多多指教。」
端出來的咖哩相當好吃。

教會由瑟蕾絲和神官負責營運。
「五號村」的婚喪喜慶好像全都在這裡舉行。
婚禮、葬禮我懂……喔，會舉行類似成人禮的儀式啊？

再來就是新年慶典之類的和收穫祭吧。
似乎會和陽子討論怎麼辦。
雖然很辛苦，不過希望他們能好好加油。

操場是舉辦活動的場地……不過平常會開放給孩子們當遊玩場地。
畢竟側面要確保寬敞的空間有困難嘛。

小牧場用來飼養馬車與聯絡用的馬匹。
這裡是暫時寄放的地點，預定會在山麓建立一座大牧場……說是已經完工了。原來如此。
既然如此，是不是把獨角獸留在這裡比較好啊？
咦？不是？是收留獨角獸的那座牧場幫忙建造的？
而且，大部分的馬匹是那座牧場的馬。是這樣啊。得再去打聲招呼才行呢。

交易所則是寄放、販賣馬車運來的貨物。
正規的交易所在山麓，所以這間比較小。
雖然是上面的交易所先蓋好，不過似乎有人表示坡道對馬來說太辛苦，所以在山麓另蓋了一間。
這也是多虧了冒險者們的活躍，讓山麓變得還算安全吧。

上方的交易所，現在主要用來寄放山麓交易所的貨物。

即使拿來比較的小山上面是這種感覺，側面部分的建設速度還是很驚人。

人數就是力量啊……

雖然因為是冬天，所以姑且有壓在不至於太勉強的程度……即使如此，從上方俯瞰還是能見到好幾處建設中的地點，並且充滿活力。

現在的人數……還是別去在意吧。

陽子，拜託妳嘍。

儘管由於是冬天所以很冷，卻看不見「大樹村」那樣的積雪。

這附近似乎還沒開始下雪。但也沒因此就不冷。

此外，這裡終究是小山，風很強。

家家戶戶似乎都已做好防風措施。

門窗大多不是需要鉸鏈的平開式，而是往旁邊拉開的側拉式是因為這樣嗎？窗戶是，不過門是為了不要擋路。畢竟位於小山的側面，路很難算得上寬敞嘛。原來如此。

這算是地區性的特色吧。雖然最顯眼的是防摔柵欄，以及考慮到萬一摔落而設置在各地的網子。

之所以在屋頂上張網，是因為有人從上面摔下來過嗎？既然有部分屋頂的顏色不同，大概就是這麼回事吧。

沒聽說有人死亡，所以應該是受傷？希望傷勢不重。

一支馬車隊從南側的大路往山頂駛來。

車篷上頭有戈隆商會的紋章。

馬車沒有駛入交易所，而是前往陽子宅邸。

到了戈隆商會運海產來的時候嗎？看來今晚能享受新鮮的海產呢。嗯，天氣很冷，就吃火鍋吧。

我結束「五號村」的參觀，跟隨戈隆商會的馬車。

陽子宅邸的新守衛將我當成可疑人物攔下。

……這個人不記得我的臉，讓我有點受到打擊。

我在「五號村」被當成可疑人物，這件事被看得比想像中還要嚴重。

對我來說，只是晚餐吃火鍋時的閒聊……不不不，我可沒打算辦什麼露面遊行喔，也不需要什麼銅

像。別想些奇怪的主意，吃火鍋吧。海鮮鍋真好吃啊～

……我知道了。

我會更積極地參與「五號村」的活動。這樣就行了吧？拜託不要用嚴肅的口吻討論。

還有，把我當成可疑人物的守衛沒有錯喔。

他只是盡忠職守……啊，嗯，說得也是。不需要會對一家之主亂吠的看門狗。小黑牠們就不會做出這種事嘛。

………

以前曾經有睡迷糊的小黑子孫對我吠過，但還是別提了吧。會讓事情變複雜。

總而言之，我得去「五號村」露個臉給大家看。

至少得讓在陽子宅邸工作的人記住我的臉。是，都怪我偷懶。我也會改掉儘量不和人接觸的態度。

所以說，用不著這種服裝吧？這是座布團做的衣服裡最華麗的對吧？上頭有很多滾邊和刺繡，會讓人以為是什麼王侯貴族的那件。要我穿上這個跟人家打招呼說我是村長？這不是很奇怪嗎？

咦？不夠華麗？

…………我知道了。

這件衣服我接受，拜託別插什麼旗幟。

幸好座布團還在睡覺。

要是牠醒來，大概會欣然製作華麗的衣服吧。

畢竟座布團很想讓我穿那種衣服嘛。

十天之內，我都在「五號村」吃午飯。

第一天、第二天在陽子宅邸和在那裡工作的人一起用餐。

陽子不需要參加吧？我們每天早晚都會碰面不是嗎？聖女瑟蕾絲也說要參加……

是沒關係啦。

第三天在村議會場。

我本來打算和三位墨丘利種一起吃完午飯就回去，不知為何卻參加了會議。

嗯，被請到那個席位上坐了。

然而會議的內容，卻是接下來幾天我的用餐地點。

這種事需要好幾個大人見面討論嗎？

第四天，我在村議會場的某個房間和名字很長的前任四天王之一，以及同樣是前任四天王的帕爾安寧吃午餐。

呃，你們兩個認得我的臉吧？

雖然不太懂，不過有規矩是吧。我知道了。

所以，你們兩個的臉為什麼會腫起來？

為了決定在誰家吃午餐，互毆一陣的結果？

…………

這兩人在幹什麼啊？還有，從在村議會場吃飯的現狀看來，應該是平手吧。

第五天以後，我去視察「五號村」的冒險者休息站、山麓交易所與旅店等各種設施，並且在餐廳等地方吃飯。

若是一個人倒還輕鬆，然而除了我之外，還有陽子、瑟蕾絲、三位墨丘利種，以及兩位前任四天王同行。

其他還有以護衛身分從「大樹村」跟我一起來的格魯夫與達尬，「五號村」則有畢莉卡和畢莉卡的弟子約十人。

…………

成了人數頗多的集團，真是麻煩。

由於目的是讓我露臉與說明我的立場，所以同行者將我當成地位最高的人。

雖然感謝大家的好意，可是讓人很難為情。
還有，明明人就在眼前，透過別人傳話有意義嗎？
啊啊，不要那麼僵硬。呃……是「五號村」南區代表對吧。
這個人大概是容易受氣氛影響的類型。自我介紹時一直結巴，聽不太清楚他的名字。
之後要一起吃午飯，希望在那之前彼此能稍微熟悉一點。

如此這般，過了十個忙碌的中午。
每次結束後都能回到「大樹村」實在太好了。讓我鬆口氣。
仔細一想，始祖大人和芙修把教會的神官送去「五號村」之前，帶他們來我這邊打過招呼。
我當時只覺得真是多禮，現在想想大概有必要。也因為這樣，這次的行程可以不用把在教會吃午餐排進去。
…………
畢竟還是有立場要顧對吧。我知道了。
第十一天，我在教會吃飯。
好累。
順帶一提，這次在「五號村」的午餐笑得最開心的是兩位前任四天王。

他們幹勁十足，做了不少安排。

是不是送點禮物回報他們比較好啊？錢不行對吧？

…………

獎勵牌可以嗎？

總而言之，兩人各給三枚。

另外我還拿了三十枚給陽子，要她發給這次有幫忙的人。

如果是獎勵牌，就類似能交換許多東西的兌換券。

讓他們交換喜歡的東西吧。

嗯，交換清單和「大樹村」一樣。

咦？這樣不行？

來「五號村」的文官少女組之一表示，已經準備了「五號村」專用的交換清單。

她拿清單讓我看，大半和原來一樣，不過有一部分刪掉了。

「以『五號村』這種規模要求村長親手製作的物品會感到頭痛吧？」

……的確。

「而且，把獎勵牌發給『五號村』所有居民也不切實際。畢竟『五號村』已經有貨幣流通了。」

原來如此。

獎勵牌是通貨的代用品。已經有貨幣流通的地方不需要吧。

文官少女組表示，這部分預定在下次的會議上討論。

的確是個重要的問題呢。

呃……拿獎勵牌給「五號村」的人可以嗎？沒問題？那就好。

那麼，就這樣處理。

收到獎勵牌的兩位前任四天王，使出渾身解數表達感謝之意。

呃……不好意思，兩位效忠的對象是魔王吧？

這種態度沒問題嗎？我可不想遭到魔王怨恨喔。

題外話，守衛再也沒有將我當成可疑人物了。

只不過，如果換成平常的衣服，會有短短一瞬間想攔下我。

嗯～服裝實在很重要呢。

9 龍族話題

龍也分成很多種。

首先，位於龍族頂點的是——神代龍族（Ancient Dragon）。

由神所生，誕生於神的時代，而且血脈一直延續至今。神話裡出現的龍，全都是這類。

不過，以前神代龍族有十二種血統，目前似乎只剩下不到一半。

現在，包含火一郎與拉娜農在內，全世界好像不到五十隻。

「而且大半是老爺爺、老奶奶，躲在某個地方睡覺。」

為我說明的乃神代龍族領袖——德斯。他抱著火一郎，一臉十分滿足。

神代龍族之下，則是混代龍族（Elder Dragon）。

神的時代結束後才誕生的血統。

炎龍族（Flame Dragon）、水龍族（Water Dragon）、冰龍族（Ice Dragon）、風龍族（Wind Dragon）與大地龍族（Earth Dragon）等較為有名。

每個種族擅長與不擅長的領域很明確，地盤意識也強。另外，夠強的混代龍族雖然能匹敵神代龍族，但是弱的混代龍族真的很弱。腦袋也依個體有所差別，有聰明溫和的，也有愚笨粗暴的。

這樣的混代龍族，全世界好像約兩百隻。

而且，這些混代龍族大多是神代龍族的屬下。正確說來，不是追隨血統，而是追隨個體。

舉例來說，炎龍族就是服從哈克蓮的妹妹賽琪蓮。

所以，即使德斯下令，炎龍族也不會聽從。他們只聽賽琪蓮的命令。不過，如果不是命令而是請求，也是有可能會聽。

此外，水龍族、冰龍族與風龍族追隨萊美蓮。大地龍族則是追隨哈克蓮的妹妹絲依蓮的丈夫——馬克斯貝爾加克。原來如此。

…………

沒有追隨德斯的嗎？

「有火一郎就夠了。」

就算你得意地哼一聲，我也不知道該怎麼回應啊。

真心話似乎是混代龍族全部加起來也打不贏德斯，所以不重要。

旁邊的德萊姆這麼告訴我。

混代龍族追隨的龍，基本上多半是很懂得關照他人的龍。

萊美蓮、賽琪蓮與馬克斯貝爾加克……原來如此。

神代龍族與混代龍族之外，比較有名的就是色龍族（Color Dragon）。

紅龍族（Red Dragon）、藍龍族（Blue Dragon）、黃龍族（Yellow Dragon）、綠龍族（Green Dragon）與黑龍族（Black Dragon）等屬於此類。

這些則是多得數不清。正確說來，是因為不在管理下所以沒辦法計數。

德斯他們也沒什麼興趣，所以不知詳情。色龍族的力量似乎就只有這點程度。

他姑且還是有告訴我，世界上應該有個一萬到兩萬隻。

色龍族有些成群、有些獨立活動，生活方式許許多多。

有服從神代龍族和混代龍族的種族，也有與他們敵對的種族。

由於真的各式各樣，所以不能用「色龍」這個詞一概而論的樣子。

說到龍族時，往往是神代龍族、混代龍族與色龍族這三種的合稱。

不過，龍的名號是力量的象徵，強大的種族也常加上這個稱呼。

石龍(Stone Dragon)、岩龍(Rock Dragon)、針龍(Needle Dragon)、群龍(Circle Dragon)、海龍(Sea Dragon)……

因為這些名字而被誤認為龍族的案例，似乎也很多。

在「大樹迷宮」裡的迷宮行者，也被稱為地龍(Grand Dragon)呢。

不過，就算其他種族用上龍的名號，龍族也不在意。真的不在意。

他們似乎是抱著「如果真造成危害只要滅掉就好」的態度。所以，既然沒有實際造成損害，基本上放著不管。

然而，世上還是有人會在意此事。

不是龍族，而是信奉龍族的人。

大概是擅自成為他們的信奉對象，造成了困擾吧。比較激進的人，甚至採取行動要消滅假龍族。

儘管這種行為龍族也不怎麼在意，但這次的情況不一樣。

事情的開端是下級龍人(Under Dragon)。

從前面一路講下來應該猜得到，這種下級龍人和龍族一點關係也沒有。
如果要用一句話形容，就是鱗片少的蜥蜴人種，屬於一種亞人，粗暴惹人厭。
這些下級龍人綁架了紅龍族的小孩。
目的是當成信仰對象。他們希望能變得像龍族那麼強大。
因此激怒了紅龍族，以及信奉龍族的種族。
首先，信奉龍族的種族以壓倒性多數襲擊下級龍人的聚落，救出了紅龍族小孩。
到這裡為止都還好。
壞就壞在他們運氣不好，救援時讓紅龍族小孩受傷了。
小孩不但被抓走還受了傷，讓紅龍族更是火冒三丈。
紅龍族大發雷霆，下級龍人當然不用說，連那些信奉龍族而參與救援行動的種族都想滅掉。
出手制止的，是一隻就在附近的風龍。
但是，紅龍族餘怒未消。風龍雖然能滅掉紅龍族讓一切結束，但是演變成這樣也是情有可原，所以
他想找個辦法解決。
結果找上了萊美蓮。
聯絡方法是傳話遊戲，最後一個傳話者是惡魔族的古吉。
對於萊美蓮來說，懷裡的火一郎比這種事情重要得多，所以選擇無視……
但是古吉很努力。真的很努力。

「等到火一郎少爺長大之後，應該會想聽萊美蓮大人的事蹟喔？」

「我的事蹟已經有幾百個了。」

「您打算告訴他什麼時候的事？聽到的事蹟全都在出生之前，火一郎少爺恐怕很難體會吧？相較之下，和火一郎少爺說他一歲時發生過這種事，或許更能讓他開心。」

好不容易才說服成功。

只不過，萊美蓮一直等到把德斯和德萊姆都叫來，做好保護火一郎的萬全準備之後才肯出發。

呃……真正的母親哈克蓮就在附近耶？算了，德斯高興就好。

雖然德萊姆好像比較在意拉絲蒂和拉娜農就是了。

所以說，現在德斯和德萊姆代替萊美蓮待在這裡。

德斯相當寵火一郎……但是萊美蓮回來時不會起爭執吧？拜託嘍。

對了，差點忘了。

我有件事要拜託德斯，行嗎？

其實不久之前，萊美蓮照顧火一郎時變成非常年輕的樣子。

我知道你們能自由自在改變外觀年齡，對於這點我不會感到驚訝。雖然第一次見到時，會讓我思考這人是誰。

不過，萊美蓮似乎不想讓火一郎叫「婆婆」，而是想讓他叫「媽咪」。
能不能在哈克蓮注意到之前阻止……你為什麼要露出「還有這招啊？」的表情？
啊，住手，不要變成年輕的樣子！嗚，帥到令人不爽。
不過，火一郎的「爸比」可是我喔！

題外話，炎龍族服從賽琪蓮一事，一般人不知道。
所以，一般人將賽琪蓮當成炎龍族的最高階個體。
似乎將賽琪蓮稱為火炎龍（Fire Dragon）。
順帶一提，當事者對於這種稱呼不怎麼在意。

另一個題外話。
色龍族裡沒有白龍族（White Dragon）。
似乎是很久以前，白色神代龍覺得會混淆而滅了他們。
這個白色神代龍的後裔，就包括德萊姆的夫人葛菈法倫。
人們似乎稱她為白龍公主（White Dragon）。
萊美蓮回來之後，和德斯打了一場。

因為我希望他們和平一點，所以損害不多。
不過，這一戰讓烏爾莎和古拉兒非常開心。對教育很不好啊。
啊～注意不要興奮過度。該回家嘍。因為馬上就要吃晚餐了。
如果要練習戰鬥，明天拜託格魯夫或達尬不就好了嗎？
……知道了，我也會參加。今天就老實回家吧。
要是再抵抗就叫哈克蓮……一搬出哈克蓮的名字就老實了呢。這讓我心情很複雜喔。

晚餐後。
我一邊安撫沮喪的德斯，一邊替拉絲蒂、拉娜農及德萊姆調停。
拉絲蒂也在我開口之後，答應暫時把拉娜農交給德萊姆照顧。
……慢著，德萊姆。那種抱法是怎樣？拉絲蒂那時，你是怎麼做的？
直到她長大到某個程度之前，都沒讓你照顧過……原來如此。
只要是和拉娜農有關的事拉絲蒂對德萊姆都沒有好臉色，也是因為這樣啊？
啊……雖然我也不能說有多行，但是小孩子的抱法呀……這是親子交流。
嗯？德斯也想抱抱拉娜農？
這是無妨，但是你對拉娜農就沒有像對火一郎那麼執著對吧？對孫子沒顧慮，對曾孫就有顧慮，是這樣嗎？

似乎是這種感覺。

還有，拉絲蒂很可怕？她明明這麼可愛耶？

我一說出口，就被拉絲蒂打了。

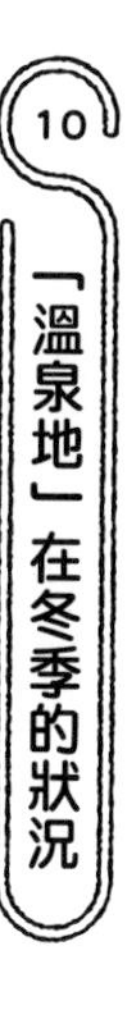

10 「溫泉地」在冬季的狀況

雖然是白天，我依舊泡起了溫泉。

呼～

寒冬泡溫泉，能夠讓身體澈底暖和起來。

在我眼前，是獅子一家。這邊照理說是男湯，不過牠們似乎不在意雄雌。

我輕撫小獅子的背。

相遇時明明還很小，現在卻已經幾乎和父母差不多大了。從沒鬃毛看來，應該是母的吧。

啊，好好好。你們也有份。其他的小獅子也靠了過來，想讓我摸摸背。

這是無妨，不過你們果然都長大了呢。相當有壓迫感。一隻一隻來喔。畢竟我也是來休假的。

在輕撫小獅子的我身旁，鬆懈下來的死靈騎士悠哉地泡著溫泉。

頭上放了毛巾，是誰教的呀？

稍遠處，已經長到全長約三公尺的地龍——迷宮行者正在潛水。

雖然讓人擔心牠能不能閉氣那麼久，不過好像就算潛上數天也沒問題。

就像烏龜那樣嗎？

我原本以為牠一直待在迷宮裡，不過好像偶爾會來「溫泉地」潛水。

阿拉子姑且還是會以領隊的身分同行。

平常牠們似乎會一起泡；不過這回有我在，所以阿拉子去女湯了。

話說回來，那麼地龍也去女湯不就好了嗎？雖然不曉得這隻地龍是公是母。不過阿拉子要我別在意，所以我就不多問了。

嗯？地龍探出頭……東張西望。是在找阿拉子嗎？

我指向女浴池後，牠大概是明白了，於是往那邊游過去。速度相當快。

地龍離開後，小黑的子孫便跳進牠原來的位置。一隻跳進來之後，剩下的就接連跟上。

喂喂喂，這裡不是泳池，下水時安靜點。不要游泳。不要插小獅子的隊。按照順序來。

你們最棒。不要鬧彆扭。

跳進溫泉裡的小黑子孫們，是今年才出生的。

雖然身軀和出生時相比已經長得相當大，不過內心依然是孩子，調皮好動。

直到不久前，都還在「溫泉地」周邊和大人一起狩獵。
既然進了溫泉，代表已經告一段落了吧？
在跳進我泡的男浴池之前，似乎先進過讓獅子洗身體用的池子，把身上的泥土洗掉了。溫泉要保持乾淨嘛。
稍晚一點，率領孩子們的那些小黑子孫們來了。
嗯，你們進來的時候很安靜呢。很好、很好。
還有，辛苦了。有獵到東西嗎？
…………
收拾了一頭驚慌馴鹿？幹得好。之後獎賞你們吧。畢竟我正在摸小獅子嘛。
你們真聰明呢。居然默默地排起隊。
但是，不需要特地在溫泉裡排隊喔。
那裡很深吧？瞧，這下子不是只有鼻尖能露出水面嗎？熱水灌進耳朵裡，會覺得不舒服吧？不必勉強沒關係。
我知道了，要排隊就到這一邊……
摸完小獅子之後，就輪到摸小黑的子孫們。
我真努力。

嗯？喔，是你找到驚慌馴鹿的嗎？

今年出生的孩子之一露出得意的表情。

知道了、知道了，我幫你揉揉肚子吧。

…………

又排起隊了。

呃……我知道了。別用期待的眼神看我。我會努力。

幸好來這邊的數量不多。

…………呃，小獅子我懂，但是死靈騎士們排隊是想怎樣？

我可不想揉你們的肋骨喔。

我來「溫泉地」的目的不只是泡溫泉。

呃，雖然也有送蔬菜給獅子一家、維修「溫泉地」設施等也包含在內，但這回主要是為了找在「溫泉地」管理傳送門的阿薩·佛格馬。

有些事要和他談談。

談話的內容，簡單來說就是有關傳送門的管理期間。

在我看來，拜託人家專門負責一項工作比較能讓人高興，但是和貝爾、葛沃談過後，事情似乎並非如此。

問了米優，她也說能處理多種事務比較好。

談論這些時，提到不曉得阿薩怎麼樣了。

總而言之，當事人不在談了也沒用，所以我來聽他的意見。

結論。

沒什麼問題。

雖說是傳送門管理員，卻不代表必須寸步不離。

定期確認傳送門是否有正常運作、對初次使用的人說明規矩和禮節，以及留下傳送門使用者的通行紀錄。只要做到這三項，剩下就是自由時間。

由於獅子一家和死靈騎士也會幫忙，所以似乎相對輕鬆。

看過傳送門小屋附設的阿薩個人房，我就明白了。房間裡充滿個人嗜好。

目前他似乎迷上釣魚，還有好幾支親手做的釣竿。

即使在釣魚時，也有小獅子或守衛這個「溫泉地」的小黑子孫們陪伴，所以很安全。

「只要使用傳送門，就能立刻抵達『大樹村』和『五號村』，所以沒有什麼不便之處。非常感謝您的關心。」

原來如此。

「相較之下，我倒是有點擔心芙塔。」

「嗯？」

「聽說在『五號村』，希伊、洛克、娜娜幹勁十足地在代理村長麾下工作。我擔心只負責管理傳送門的芙塔會感到不滿。」

「喔，這點倒是沒問題。她本人已經向我提議了。」

「她本人？芙塔失禮了，實在是非常抱歉。」

「不用在意。總比讓人家懷著不滿工作來得好。」

「這樣啊。所以說，結果怎麼樣了？」

「臉上掛著笑容的米優要她幫忙文書工作。」

「……」

「文書工作的人手不足，是我處理失當。夏沙多大屋頂和『五號村』帶來了遠遠超出我想像的文書工作量。我已經採取對策，差不多從春天起就能變輕鬆才對。到時候米優應該就會放過芙塔了吧。」

大概。

「這樣啊。那還真是值得高興……咳咳。話說回來，關於葛沃與荷莉女士的進展，希望您可以提供一點情報。」

「你對葛沃的戀情有興趣嗎？」

還是說，阿薩也看上荷莉了？

「她是位出色的女性，但我不會去礙事。我是單純希望葛沃幸福喔。一牽扯到荷莉女士，葛沃的嘴巴就變得很牢固。」

「確實。不過，這點荷莉也一樣呢。雖然兩人似乎有通信……」

「通信。這倒是沒聽說。那就拜託貝爾監視吧。」

「不可以偷看人家的信喔。」

「當然。方才也說過，我是單純希望葛沃幸福。」

「真心話呢？」

「哈哈哈。嗯……雖然想說『磨蹭什麼啊，給我積極一點！』，不過戀愛的速度因人而異。我會守望他們的。」

不過，如果能讓我給點建議就好了——阿薩嘀咕。

這人喜歡戀愛話題嗎？

他舉出葛沃在戀愛方面畏縮不前的事例，為之嘆息。呃，雖然不曉得兩人的真實年齡，不過從外表看來已經是一段黃昏戀，太積極接觸感覺也很怪喔。

「啊，對了。村長覺得貝爾怎麼樣？」

不好，矛頭指向我了。立刻撤退。去準備晚餐吧。

當然，是用上驚慌馴鹿角的料理。我可不會獨占喔。

女性們預定會在晚餐時間來「溫泉地」。

我們在「溫泉地」享受了一頓頗為熱鬧的晚餐。

我們從之前打擾的避難村出發，以新建的村子為目的地。

路途雖然不輕鬆，但因為是組成旅團移動，所以沒碰上多少危險。

只不過，大家為抵達新村子之後的生活感到擔憂，儘量不花領主大人幫我們準備的旅費，因此總是餓著肚子。

旅團的移動路線由領主大人指定，我們則是老實地照著走。

然後，遇到了和我們一樣以新村子為目標的旅團並且會合。

遇上的旅團不止一兩個。我們和幾十個旅團相遇、會合。

當我們抵達「夏沙多市鎮」、離新村子不遠時，已經成了超過兩千人的旅團，這點令人不安。

對方會接納這麼多人嗎？

參加旅團的人幾乎都和我們一樣，是因為戰爭而失去以前的住處。

如果得不到接納，就沒有未來。

真的很不安。

但是，根本不需要不安。
新建的村子接納了我們。
聽到這個消息時，我們的歡呼彷彿撼動了大地。

接著，我們首先得到了住家。
一個家庭有一棟屋子。
屋子大得看起來能讓十個人生活，我們真的能住下來嗎？
喔，要訂立日常生活的規矩，這點我懂。
上完廁所之後要洗手？這是理所當然。
公共場所要保持乾靜？當然的吧。
還說垃圾要丟到指定的地點，該不會當我們是小孩或什麼吧？
呃，把理所當然的事好好說出來的確很重要。
我的理所當然和旁人的理所當然經常有差別。
認真地確認規矩，並且記住它們吧。

接著給我們的是食物。

一天三次。提供的食物雖然不至於讓人吃到撐，不過分量已經很夠了。

令人驚訝的是，裡面有肉。

似乎是在附近森林獵到的魔獸與魔物。真好吃。

最後給我們的是工作。

工匠分配到能夠活用自身技術的工作。

沒有人有怨言。

當然。

因為人家讓我們能盡情做自己一直以來所做的工作。

獲賜的住家和食物的份，要好好工作償還。

我原本這麼想，工作後卻領到了錢。

……這是什麼？

好像是工作分量的報酬。

……

建立這個新村子的人在想什麼啊！

他以為這裡有多少居民啊！

要是每個人都付酬勞，轉眼間錢就會花光啦！

既然接納我們為新村子的一員，就不需要給什麼報酬！讓我們協助建村！

我這麼反應之後，被任命為移居者的幹事之一。

這是無妨，不過，這筆錢是？慶祝就任幹事？呃，既然這樣就少花點錢啦。

好啦，儘管我做得來木匠之類的工作，不過本職是農業。

雖然沒有因為當上幹事而得意忘形，但是我想開闢田地。

大致看了一下，村子周圍沒有田。

但是，看起來能開墾的地方很多。開墾道具我也有帶來。

要立刻就有收穫很難，但是考慮到五年、十年之後，這主意並不壞。

不，應該說是必須的作業吧。

這種事當然愈早開始愈好。

結果卻是不行？為什麼？咦？有魔獸和魔物出沒？這個嘛，有當然是有，但是怕這些東西哪還能務農……強得亂七八糟？

你說在冒險者們驅除魔物和魔獸之前不能開墾……呃，我明白了。

真遺憾。

數個月後。

開闢田地的許可總算下來了。真是感激不盡。

不，我並不是討厭其他工作，但我還是想務農。

話說回來，使者閣下。抱歉我要講些像挑毛病的話，開闢田地之前必須先砍伐森林才行吧……咦？

到昨天為止還是森林的部分，已經變成平地了。

沒有樹根也沒有雜草。感覺只要耕下去，馬上就會變成良田。

在這裡作業？

……開墾是重勞動。

如果可以略過，當然是略過比較好。

所以，我決定不去在意小事。

呀呵～幹農活啦～！

啊，作業前要先確定負責哪些地方是吧。

呃……差不多這樣如何？

太大了？不、不好意思。但是，我們全村如果沒有這點大小會沒辦法……咦？不是全村，而是我家的田？

那、那麼，呃，差不多這樣……再努力一點？那麼，大概這樣……五年內視同租借，但只要納稅就免費？第六年開始視為我的田？……非常感謝！我會拚命努力的！

是，其他人也會幫忙！請包在我身上！

不止我家，其他家族也順利借到了土地。

地方遠比因為戰火失去的田還要大。

這回一定要守住它。我再也不會失去我的田！

於是，我再次下定決心。

我是這個新村子的一員。

…………

不管怎麼看這規模都不是村子？是城鎮？誰，是誰多嘴！

接納我們的村長大人說是村子，它就是村子！

沒錯，我是「五號村」的居民。

異世界

悠閒

農家

02

02

01

02

Farming life in another world.

Chapter,3

Presented by
Kinosuke Naito
Illustration by
Yasumo

〔第三章〕

春天與蝦與勝負

01.五號村　02.深邃森林

1 第十三年的春天

春天來了。

我和醒來的座布團打招呼。還是老樣子真是再好不過。

哦？妳手上那件華麗的衣服是什麼呀？那種誇張的程度顯然是放手去做的結果對吧？看起來像是國王在重要儀式上穿的衣服喔。而且上頭還有一堆閃閃發亮像寶石一樣的東西。

這是……啊，座布團孩子們蒐集的嗎？好厲害呀。哈哈哈。

…………

就是那個吧。

要我彌補在座布團睡覺時，穿著華麗衣服去「五號村」的事。

但是啊，我可沒有穿別人做的衣服喔。我有好好穿上座布團做的衣服去。

……知道了。我穿吧。只有今天喔。所以，拜託別用那種眼神看我。

和我的心情完全相反，村民們的評價很好。

為什麼？這才叫普通嗎？

咦？這是什麼？短杖？要我拿著？拿是可以……但是為什麼要歡呼？

這是德斯拿來的杖對吧？聽說是把沒有任何效果的普通短杖呀？

……還要我披上披風。隨你們高興吧。不過，只限今天喔。

知道了，我會自己在村裡走動。不要用像是神轎的東西抬我。

阿爾弗雷德也被打扮成和我類似的模樣。

他和我不一樣，顯得很自豪。

是因為旁邊的烏爾莎和娜特稱讚嗎？很適合喔。簡直就像哪來的王子一樣嘛。不，你的確是我們家的王子殿下呢。

走在一起就行了嗎？知道了、知道了。

可是全村居民在村子裡到處移動有意義嗎？雖說現在已經是春天，不過寒意未消，大家要多注意。

「一號村」、「二號村」和「三號村」的居民匆匆集合。

怎麼？那麼想看我這副模樣嗎？「四號村」也來了？不需要為遲到致歉。畢竟是地點的關係嘛。

阿拉子、地龍、半人蛇族與巨人族也從「大樹迷宮」出來了。

不用特地出來也……

不知為何就這麼辦起宴會，花了一整天。

到底是怎麼回事啊？雖然大家看起來很開心是好事……祈禱不要變成習慣吧。

但是，有些人錯過而悶悶不樂，該怎麼辦呢？

就算不管始祖大人和德斯，我還是想彌補一下那些負責守衛各村而無法參加的小黑子孫們。

想歸想，但要我再穿一次那套衣服……我還沒做好心理準備。

雖然想成扮裝就好，不過只有我和阿爾弗雷德還是讓人很不好意思。

知道了，明年啊……不過，到時候大家都打扮一下吧。嗯，這麼一來我就不會那麼不好意思了。而且蒂潔爾和烏爾莎看起來也很想穿嘛。

…………

那是明年的事啊。

文官少女組已經準備向戈隆商會下訂大量布料，讓我有點慌。

妳們該不會打算花一年準備？

雖然經費村子會出……我知道了，妳們加油吧。

雖然打從一年的開始就很累，但是該做的事不能不做。

正好各村代表也來了，直接請大家集合吧。

主要是討論村子的方針與獎勵牌分配。本來預定如此，不過主軸變成埋怨了。

「要舉行類似這次的活動時，請事先聯絡我們。」

不好意思。

「要是聯絡太慢，我們就沒辦法參加了。」

對不起。

「料理也需要做準備。」

真的非常抱歉。

「『溫泉地』的幾位死靈騎士與獅子一家送來抱怨信。我這就唸出來。」

是，洗耳恭聽。

為什麼會變成這樣？因為我說只有一天嗎？

該討論的還是有討論。

關於村子的方針，冬季已經舉行過好幾次會議，所以沒問題。

「讓各村收穫量穩定以及增加儲備物資。還有小心用火。」

關於收穫量這部分，各村都沒什麼大問題。保持現狀也無妨，注意不要逞強。

關於增加儲備物資，考慮到萬一，各村要能夠只靠自己維持一定程度的生活。不止糧食，燃料和衣服等也包含在內。

這件事牽扯到接下來的小心用火。

冬季期間，「三號村」發生了小火災。

原因在於小孩子用火時不夠小心。

幸好沒人受傷，也沒燒掉房子；但似乎燒掉了一些擺在室內的稻草與衣物。

儘管迅速滅火，卻還是讓人嚇出一身冷汗。希望大家注意。

啊，古露瓦爾德。不用一直道歉。

滅火後，古露瓦爾德不僅來找我，還巡迴各村報告與謝罪。

我知道妳責任感強，但是不需要鑽牛角尖。小孩子也不是玩火，整件事相當於一場意外。訓斥雖然重要，但是注意別懲罰過頭了。

負責照料半人馬族的菈夏希也別太在意。畢竟妳不在現場，幫不上忙吧？

更重要的是，該為大家重新認識到村裡只有最低限度的防火措施而高興。

屋子雖然不容易燃燒，但終究是木頭，千萬要小心。

所以，要在用火地點附近設置裝了水的水槽和桶子。

我知道。你們想說可以用魔法造水對吧。

但是，考慮一下只有小孩在場時失火的狀況。這次就是這樣吧？

雖然水會發臭必須定期更換，導致工作量增加，不過加油吧。

方才提到的儲備物資就和這點有關。

最後的定案是，假設村裡有一棟房子失火燒光，該村的儲備物資要能供應住在那棟屋子的一家人生活一年。

目前就算發生這種事，依靠「大樹村」的儲備物資大概也應付得了，不過這是考慮到各村心靈上的餘裕和自立心。

我不希望為了儲備讓大家生活變得困苦，所以各村自行斟酌。

這是努力目標，沒達成不會處罰喔。注意別做過頭了啊。

接著是獎勵牌。

雖然會發給個人與各村，但是這回該怎麼處理「五號村」的部分令人傷腦筋。

以結論來說，就是把獎勵牌發給「五號村」的代理村長陽子、聖女瑟蕾絲、傳送門管理員芙塔、三位墨丘利種，以及為了治理「五號村」盡心盡力的兩位前任四天王。

除此之外，另外給陽子五十枚當成「五號村」代理村長的份。雖然數量比其他村子多，但這是考慮到人口的結果。

向「一號村」、「二號村」、「三號村」以及「四號村」的人們解釋過「五號村」的狀況之後，他們接受了。

還有，阿薩就任「溫泉地」的代表。

雖然由死靈騎士擔任也行，不過有溝通能力方面的問題。

儘管他們會用簡單易懂的手勢，但還是有許多不便之處吧。當事者們也能認同這個決定，所以沒有問題。

除此之外，還討論了許多事……最後陽子開口說：

「『五號村』的收入該怎麼辦？」

其實光是去年的稅收，就已經收到一筆相當大的金額。就算扣除各種經費，好像還是大幅黑字。

「沒有壓榨他們吧？」

「詳情我不知道。洛克說收得比『魔王國』的平均還要少喔。」

人數就是力量的意思是吧。

「……對了。芙勞，這筆錢不用上繳魔王領嗎？」

「似乎不需要上繳。」

她立刻回答。

這部分在建設「五號村」時已經討論過了，想必不會有錯。

既然如此……

「畢竟是『五號村』的稅收，就用在『五號村』上吧。」

所謂的稅，本來就是為此而徵收的。

讓陽子有一定程度的自由。

何況雖說是大幅黑字，但是和「大樹村」交給戈隆商會保管的金額相比，依舊微不足道。

只要記得在「五號村」議會報告、商量稅金的用途，想來不會有什麼大問題。

這部分陽子做得很確實，可以信任。

「了解。」

陽子的回答結束了討論。

宴會就這麼直接開始。會議演變為持續兩天的宴會。

算了，也罷。

日後。

聽說那場我盛裝打扮的宴會之後，「南方迷宮」的半人蛇族和「北方迷宮」的巨人族派來使者表達不滿。

「為什麼不邀請我們呢……」

「好想看啊。」

於是我答應明年舉辦時一定會邀請他們。

2 田與蝦與櫻花

耕田。賣力地耕。感覺真好。

但是，不能得意忘形。

「大樹村」的田地和去年一樣大。

之後，則是巡迴「一號村」、「二號村」、「三號村」與「四號村」開闢新田。各村已經決定好新田的地點與種植的作物，所以十分順利。

耕不夠的份，就到「大樹迷宮」裡頭耕。

由於「溫泉地」的阿薩委託，我在距離「溫泉地」不遠處闢了一塊田。

還要果樹是吧，了解。

我前往「南方迷宮」出入口附近與「北方迷宮」出入口附近開闢田地。

因為冬季前去拜訪時，半人蛇族似乎對農活有興趣。

然後，我想只為半人蛇族做不太好，於是詢問巨人族，他們拜託我務必幫忙。

田地不大，所以半人蛇族和巨人族收成後直接留下來自己吃無妨。

如果想要認真地務農，再通知我一聲。

最後是「五號村」。

這裡最為費心。所以放在最後。

首先，換衣服。

好啦，我穿上比較體面的衣服嘍～

打招呼。

嗯，你好。

不需要跪拜啦～揮個手就……是誰？誰教他們喊三聲萬歲的！

這裡可是「魔王國」領啊。不可以做那種會讓魔王誤會的事喔～

抱歉晚了點才來打招呼。不過，我想我冬天已經來了不少次吧？今年一整年也請多多指教了。貢品就免啦。啊～人家說不收不行。那麼，我就不客氣了。結果人家說直接收下也不行。

這種時候，要先由陽子收下……在陽子之前，還要先由墨丘利種希伊代收對吧。真麻煩耶。

不，製作貢品目錄的洛克比較累吧。

是，我會努力。

收貢品花了半天。

在這之後是宴會。

雖說是宴會，不過在問候攻勢下，我幾乎沒辦法吃東西。這是整人嗎？應該多為我著想一點吧……因為露臉機會太少才會變成這樣？即使這麼說我也沒辦法呀。何況「五號村」的代表可是陽子喔？

「我是代理村長吧？」

「呃，話是這麼說沒錯。」

我倒覺得：與其和我拉關係，不如和陽子多往來比較容易有好處啊。

算了，面帶笑容打招呼吧。

好累。

不過只有今天一天。忍耐。

隔天總算能夠作業了。

嗯，會讓守衛懷疑的程度剛剛好。

作業地點在「五號村」的小山上。

原本打算在宅邸蓋好時種點東西，不過因為處理畢莉卡的事而推遲，接著就入冬了。真是抱歉。

雖然靠「萬能農具」或許在冬天也種得活，不過考慮到作物後，我不想勉強。如果發生糧食危機會考慮就是了。

大概是多虧了迷宮薯的努力吧，「魔王國」內糧食供應相當充足。今年冬天似乎沒有人餓死。
不過，差不多從明年開始，似乎得注意糧食價格下跌的問題。
如果「剛剛好」能一直持續下去就好了，然而世間事沒那麼簡單。

「五號村」的小山上缺乏綠意，所以我決定種植會結果實的樹木。
「麻煩來幾棵『大樹村』旅舍附近的那種樹。」
這是陽子的要求，不過旅舍附近的樹是哪種啊？不是矮的那種……喔，櫻花樹啊？
「那是觀賞用的，長不出能吃的果實喔？」
「相對地，會開出那種美麗的花吧？我覺得也需要有那樣的悠閒空間。」
的確。
啊，陽子最近跑去旅舍那裡，就是因為這樣啊？
畢竟花期開始了嘛。

那麼，就試著在部分地區集中種植櫻花樹吧。
雖然需要花上數年，不過盛開的日子在這裡賞花或許也別有一番樂趣。
「賞花是指？」
「嗯？」

我說出口了嗎？

當天晚上，「大樹村」舉行賞花活動。

這是聽我說明完什麼是賞花之後，村民們動員起來的結果。

不過，雖說是賞花，實際上應該是在櫻花附近舉行的野外宴會。

大家已經習慣宴會，不至於出什麼問題。

沒事的樹精靈聚集起來，代替燈籠照亮夜色。

也能替櫻花打光呢。

木製長椅上鋪了染成紅色的布，感覺有點高級。音樂則讓人感到平靜。

「原來如此，原來如此。」

陽子意外地開心。

哎呀，畢竟「五號村」讓她費了不少心力嘛。這點小事無妨。

「村長，我們拿來嘍。」

矮人們搬來八個裝了酒的大桶。謝謝你們。可以開始喝嘍。吃的要再等一下。

鬼人族女僕們已經在旅舍廚房做菜了。

今天的主菜是蝦。養殖的蝦似乎增加得比預期還快，不到一年就成果豐碩。

不過有個疑問。

明明繁殖這麼簡單，為什麼其他地方沒養？

「村長，要在其他地方養那種蝦子，恐怕有困難。」

既然負責養蝦的蜥蜴人說了，應該就是這樣吧……不過為什麼呢？

飼料的問題嗎？算了，既然蝦子好吃我就沒意見了。

村民們逐漸集合，鬼人族女僕把料理端來後，宴會便宣告開始。

小黑牠們……喔，在我的位置附近偷閒呢。好乖、好乖。

稍晚一點，露、蒂雅與哈克蓮帶著孩子們抵達。

孩子們或許會覺得無聊，不過重點是氣氛嘛。

炸蝦、蒸蝦和烤蝦。

酒的氣味……不行喔。烏爾莎、古拉兒，把它放著。妳們就喝果汁忍耐一下。好啦，拿這邊的杯子。往上看，欣賞櫻花吧。

……………

抱歉，座布團的孩子們。

你們躲在櫻花樹上準備東西嗎？沒關係，忙你們的吧。

氣氛不一樣？不、不要在意。

到了櫻花凋謝的時節，我才想到還可以種梅子樹。
酸梅和梅酒。
嗯，完全忘了。就算現在開始種，收穫也要等到數年之後。
我心想如果早點種就好了，然後將這份心情轉為對數年後的期待。

3 「五號村」的稀客

「五號村」似乎稀客連連。
第一組，是科林教的神官一行人。
聽說這群人態度很傲慢。
應對他們的是陽子。
神官一行人說話一堆修飾語，不過簡單地統整之後，就是想得到在「五號村」興建教會的許可。
雖然已經有教會，但我交代過宗教方面可以放任自由發展，因此陽子同意了。
接下來才是問題所在。
得到建設許可的神官一行人，不知為何沒有做半點興建相關的準備，而是要求讓出「五號村」現有的教會。

陽子拒絕了這個要求。

「在本村有信仰自由。你們如果想興建教會請便。但是，要用你們的錢。指望我們的錢包與善意會帶來困擾。」

神官一行人對於這個回答非常憤怒，用「妳是不是想和科林教為敵」恐嚇她。

但是，陽子無懼於這番恐嚇，微笑以對。

「失禮了，畢竟我對宗教的事比較生疏嘛。真是非常抱歉。至於教會的事……這樣吧，你們和教會裡的人商量之後想個辦法解決就好。我答應你們，不管得出怎樣的結果都會接受。」

將這番話當成贊成讓出教會的神官一行人意氣風發地闖進教會。

等在那邊的則是聖女瑟蕾絲與芙修。

當時芙修正巧來視察自己推薦的神官有沒有好好幹活。

我就知道。

她先前和始祖大人來「大樹村」打過招呼。之後在瑟蕾絲的帶領下，以傳送門移動到「五號村」。

陽子也知道芙修來訪吧。畢竟神官一行人登門之前，瑟蕾絲和芙修已經打過招呼了。

雖然不曉得在教會經過一番怎麼樣的討論，但是要求讓出教會的神官一行人離開了「五號村」。

雖然他們不知為何都抱著側腹，一副很痛苦的模樣……

「是芙修打的嗎？」

「我向神發誓，我沒有揍人，也沒有做出類似的暴行。」

她表示自己沒有說謊，態度光明正大。看來是真的。

那麼出了什麼事？

…………

聖女瑟蕾絲正在和酒史萊姆喝酒。

不會吧？

嗯，想必是吃壞肚子了吧。是天譴呢。

就當成是這麼回事吧。

之所以這麼清楚，是因為晚餐時文官少女組和墨丘利種的洛克、娜娜演了一齣重現劇給我看。

演得相當出色。

而且文官少女組不再那麼緊繃真是太好了。

在「五號村」招募文官似乎開始發揮了功效。

雖然只有將「五號村」相關事務交給他們處理，光是有人幫忙承擔這些，似乎就已經輕鬆不少。

墨丘利種的芙塔與米優的眼神也恢復了活力。太好了。

不過，科林教也有很多種人呢。

「因為科林教不是規定信仰形式的團體，而是管理宗教形式的組織。儘管統稱科林教，內部依舊有許多宗教和宗派。」

一起吃晚餐的芙修這麼告訴我。

「尊重自己與他人的信仰——只要贊同這個理念，不管信仰什麼神都可以自稱科林教。」

確實，我記得之前始祖大人也說過類似的話。

「不過，類似這次要人家把教會讓出來的事情，在科林教來說是越線了。我已經記住那些人的長相和名字，他們的未來大概會是一片黑暗。」

芙修的表情很恐怖。

始祖大人，救人啊……他好像還沒從「溫泉地」回來。

是不是累啦？

接下來的稀客是一群矮人。

「五號村」雖然也有矮人，但是毛色和他們顯然有所不同。

總數約三十人，全員都穿戴著精良的武具。

這次應對的人也是陽子。

這群矮人一見到陽子就這麼宣告：

「聽說這個村子使用貴重的魔鐵粉製作武具，請把那些魔鐵粉讓給我們。」

魔鐵粉就是從本來太陽城底部那塊岩石採集到的貴重礦物。在「大樹村」會拿其中一部分製作武器，成品拿到「五號村」販賣。

「意思是你們想收購？」

「不！火候不夠的人無法運用魔鐵粉。優秀的素材應該留給優秀的人。」

「意思是……要我們把東西交出來？」

「嗯。」

陽子痛扁那群矮人一頓，把他們丟進牢房。

他們似乎弱得不像話。

「那些傢伙拿出武器吹噓，所以我就在他們眼前將武器一把一把打碎。」

陽子教訓那群矮人的場景沒人幫忙重現，所以陽子笑著為我說明。

雖然應該不需要擔心陽子，但是別太亂來啊。

而且……有牢房這種東西嗎？

「我要人家弄的。」

似乎蓋在缺乏日照的北側斜坡。

說是在「五號村」好像還是有一定數量的輕度犯罪。

暴力、破壞、恐嚇、勒索……好像是用來處罰這些行為。

雖然在「大樹村」難以想像，但「五號村」畢竟人多嘛。

這種犯罪總是難免。

沒發生重大案件算是不幸中的大幸吧。

而且，應該慶幸有個地方可以關那群矮人。

呃，擅自把人家扔進牢房好嗎？沒問題是吧。

「五號村」不但有徵稅權，連警察權和裁判權也屬於「五號村」。

「所以呢，什麼時候要放出去？」

「雖然想關個一千天，但是『五號村』的人們也在看，應該十天左右吧。關於這件事，我想借用地獄狼或惡魔蜘蛛。」

「妳打算做什麼？」

「什麼也不做。只是請牠們在牢房前待命而已。算是看守吧。」

原來如此。

當然不借。

居然讓小黑的子孫和座布團的孩子待在牢房前，要是牠們受了委屈該怎麼辦？

更何況，魔王和比傑爾之前也拜託過我，別將小黑的子孫和座布團的孩子帶到「五號村」。

如果不是攸關性命的事情就不行。

「唔，真不給面子。」

「那邊也不缺人看守吧？」
「嗯。只不過，負責看管牢房的人，反應有點激烈。」
「反應激烈？」
「大概是覺得自己欠了『五號村』的恩情吧，對於牢房裡的人很嚴厲。」
「……做得過火了嗎？」
「沒到那種程度。不過……那種自認正確的人，不能對其行動有所疏忽。」
「啊……」
愛護「五號村」這點令人開心，但是想攻擊不這麼認為的人可就不好了。
「要不然，我找牢房的看守講幾句話？」
陽子笑說只會有反效果。
咦～這有什麼好笑的嗎？
總而言之，如果那群矮人看起來有反省，似乎就會早點釋放他們。

第三組，是一批精靈。
總數十人。雖說是輕裝，不過全員都有武裝，代表是男性。
應對這些人的還是陽子。
精靈一行人要表達的倒是很簡單。

冒險者們在「五號村」周邊大舉清理魔物。
因此，魔物與魔獸遷移地盤。
轉移陣地的魔物，有一部分跑去襲擊精靈聚落造成麻煩。
似乎是要我們負起責任。
「原來如此。我明白了。」
「這樣啊。那麼，關於該怎麼負起責任……」
「慢著。在這之前，我先確認一下。證明襲擊你們聚落那些魔物與『五號村』有關的證據呢？」
「證據？」
「沒錯。證據。」
「哪可能會有這種東西啊？」
「那麼就不能歸咎於本村，或許另有原因。對於這種事，本村無法提供任何補償。」
「就算沒有證據，這個村子的行為給我們聚落添了麻煩也是一清二楚吧！」
「明明連證據都沒有耶？那是你們自己這麼認為吧？」
「妳這傢伙是在侮辱精靈族嗎？」
「侮辱人的是哪一邊？一群人衝進來，沒有證據只會找藉口。看不起人也該有個限度，否則會惹火上身喔。」
「這麼一來，彼此將有一戰喔。」

「如果你們挑起爭端，我們隨時應戰。」

「……意思是，不管怎麼樣你們都不肯負起責任？」

「以現狀來說，不過是你們的藉口罷了。」

「不是藉口。這個村子趕跑了魔物，於是魔物來到我們的聚落。」

「昨天村裡的雞沒下蛋，這都是因為精靈聚落有人腳步粗魯，給我負責。雖然沒有證據，但是關係很明白。聽到這種話，你們聚落會道歉嗎？」

「講什麼蠢話。這才叫找藉口吧？」

「是嗎？我是按照你們的邏輯喔？」

「妳在戲弄我們嗎？」

「不，只是配合你們的說詞而已。襲擊你們聚落的魔物叫什麼名字？」

「幹嘛突然問這個？」

「這是提問。襲擊你們聚落的魔物叫什麼名字？」

「……不知道。是一種有大甲殼的龜型魔物。」

「原來如此。我也不知道呢。強嗎？」

「很強。」

「走得快嗎？」

「腳步很慢。」

「牠吃什麼？」

「樹。咬爛了好幾棵精靈族小心保護的樹。」

「數量呢？」

「一隻。」

「原來如此。襲擊你們聚落的魔物只有那一隻嗎？」

「嗯。」

「已經解決了嗎？」

「嗯、嗯。」

「這樣啊。那麼，最後的問題。本村和你們的聚落距離多遠？以你們的腳程需要幾天？」

「五天。」

「這樣啊。我聽說是七天左右，比想像中還要快呢。」

「既然知道我們聚落的位置就別問。」

「只是想聽你們親口說出來而已。好啦，你們的說詞果然是藉口。如果是我們讓魔物遷移，就不可能只有那一隻。更何況我要冒險者們以肉食性的魔物和魔獸為主要目標，若是吃樹的魔物就放著別管。他們不會特地冒著生命危險去趕跑魔物。」

「呃，可是……」

「魔物已經打倒了吧？如果要找我們抱怨，一兩個人就夠了，為什麼來十個？很閒嗎？不是吧？你們是為了打倒魔物而聚在一起。你們這些人直接跑來這裡，拿些無聊的藉口找碴……換句話說，魔物還沒解決。如果想求助，就乖乖對人家低頭。」

「……」

「還有啊，小鬼。稍微克制一下情緒。要是讓對方知道你很焦急，可是沒辦法交涉的喔。」

「我不是小鬼。雖然外表年輕，但我好歹也活了兩百年。」

「那麼就學聰明一點，不要虛長歲數。唉，這話我聽了也很刺耳呢。」

之後，修正態度的精靈一行人正式提出驅除魔物的請求。

原來如此。

「那些傢伙大概想借『五號村』的戰力吧；然而他們捨不得支付費用。」

於是開始找藉口，要讓「五號村」主動前往討伐。

既然如此，說「已經解決了」就是個錯誤呢。

應該老實說自己應付不了，請幫忙打倒魔物。

所以呢，「五號村」派出討伐隊了嗎？

「當時人在『五號村』的蜥蜴人和獸人族戰士，可是高高興興地去指揮嘍。」

啊……達尬和格魯夫嗎？

「而且畢莉卡、她的弟子們與冒險者們也跟著，成了一股相當強的戰力，想來不會輸吧。」

「妳說不會輸，但對手是未知的魔物吧？」

「不，我知道。那是一種叫固龜的魔物。防禦力高，但攻擊力不怎麼樣。雖然攻擊方式有點怪，不過只要小心就沒問題。我已經告訴畢莉卡了。」

「……面對精靈時假裝不曉得是？」

「要是輕率地講出自己曉得，人家不就會說『看吧，我就知道』嗎？」

的確。

「那些精靈怎麼樣了？」

「一半帶路。另外一半，我要他們去遠處跑一趟當酬勞。」

「酬勞？」

「嗯，畢竟白白幹活不好嘛。」

為了叫人家來領走關進牢裡的矮人，要他們去矮人的居住地。原來如此。

不過，真的是稀客連連呢。

最令人驚訝的是，這三組稀客居然是在同一天來……

看來「五號村」交給陽子就沒問題了。

處理得很漂亮。

「因為啊，我以前有過類似統治者的經驗嘛。」

真可靠。今後也要拜託妳了。

對了，也要仰賴洛克和娜娜。希伊……因為「五號村」戰力不足所以留守對吧。麻煩幫我傳話，要他加油。

從「大樹村」的我家到村子南邊的「大樹迷宮」有段距離。

大約兩公里多一點。

這樣是近或是遠，各人看法有所不同。我則覺得有點遠。

然後，從「大樹迷宮」的入口走到通往「五號村」與「溫泉地」的傳送門所在處，各需要十五分鐘左右。

這樣是近或是遠，同樣各人看法有所不同。我則覺得有點遠。

老實說吧。

冬天去「五號村」和「溫泉地」好麻煩。我在想能不能更方便一點。

不過，還要考慮防犯問題。

這是一開始就討論好的結果，對此我沒有怨言。

但是，也有去「五號村」工作的人，還有晚上去「溫泉地」的人吧？

我覺得把時間花在往返上很浪費。

於是我想提個主意，那就是共乘馬車。

首先，在我家和「大樹迷宮」的入口之間往返是一條路線。我想讓它成為時間固定的定期班次。

再來，則是從「大樹迷宮」的入口到各傳送門設置地點的兩條路線。這兩條路線的馬車在入口待命，等使用者到了並搭上車才開始移動。抵達傳送門的設置地點後，就讓使用者下車，空車回入口。

考慮到防犯問題，迷宮內只有單程。

我想籌劃這三條路線。

我召開種族會議，坦白自己的想法。

原本想說從現在開始討論，差不多明年能讓共乘馬車運行一條路線就很好了……

結果突然開始造起馬車了。

我和山精靈幾乎全體出動，應該轉眼間就能搞定。

……怪了？不需要製造新的馬車吧？

「大樹村」已經有數輛馬車。

四輛運送收穫物的載貨馬車、兩輛沒有車篷的馬車，加上一輛有屋頂的豪華馬車以及露營馬車。

就我原本的打算，是要直接用沒有車篷的馬車耶？

「造一輛像樣的馬車吧。」

既然山精靈們幹勁十足就無妨了。

我們花了數小時完成一輛。

搭載懸吊系統的載客用馬車。除了側面沒有車壁方便上下車之外，還加了屋頂當防雨措施。包含駕駛在內，應該能搭乘七個人吧。

試乘。

在這之前，馬和半人馬族已經先為了由誰拉車而起爭執。

這回似乎是馬贏了。

心滿意足的馬，賣力地拉著馬車。嗯，看樣子沒問題。

接著，則是製作迷宮內用的馬車。

既然是在迷宮內行駛，就不需要屋頂。

考量到路比較窄，採用略小的車體。

沒有駕駛座，可供四人搭乘。

…………

做出一輛像是在四輪拖車上頭裝椅子的東西。

因為構造單純，一個小時就完工了。

試乘。

這回拉車的不是馬或半人馬族，而是迷宮裡的半人蛇族。

「可以嗎？」

「是的。受託重任能夠鼓舞士氣，請務必交給我們。」

我本來想交給半人馬族，不過既然半人蛇族很有幹勁，就交給她們吧。

半人蛇族不是用手拉車，而是用下半身的尾巴尖端抓住馬車，藉此拖行。

馬力十足。

嗯……該怎麼說呢？震動程度不一樣。非常舒適。

而且，馬車大約五分鐘就抵達傳送門所在地了。

雖說是讓小黑子孫和座布團孩子跑在前面一邊排除障礙物一邊走最短路線，依舊很快。令人感到很滿足。

這麼一來，只要換乘馬車，十分鐘左右就能移動到「五號村」。
最高興的，大概是每天通勤的陽子和聖女瑟蕾絲吧。
我原本這麼想，不過最開心的是村裡的女性。
去「溫泉地」變得輕鬆許多而大受好評。
看來大家也覺得有點遠。
迷宮內用的拖車式馬車因此增產，目前有八輛在運作。
光是半人蛇族不夠，還有長得夠大的座布團孩子及巨人族努力幫忙。
改天集合一下幫忙拉車的人，辦一場慰勞會吧。

馬車開始運作後沒多久，「五號村」來了訪客。
來領走牢房中那些矮人的。他們也是矮人。
首先，他們為牢房裡那些矮人的無法紀與無禮謝罪，還獻上裝了四個大桶的礦石給「五號村」當成賠償。
就陽子的角度來說，牢房裡的矮人們也已經表示有所反省了，因此她認為，接下來會是「順應對方的要求同意放人」這種發展。
但是她猜錯了。
來領人的矮人們，並未要求釋放牢房裡的同胞。

「你們不領走牢房裡的矮人嗎？」

「請按照這個村子的法律處罰他們。」

「那麼，你們是來做什麼的？」

「為了賠罪和繳納賠償金。還有……」

其中一名矮人將斧頭遞給陽子。

「好一把鋒利的斧頭啊。」

「這是老夫打造的。」

「這樣啊。貢品嗎？」

「要給妳也無妨，不過我有話要說。」

「是什麼？」

「聽說這個村子有使用魔鐵粉的武器，沒錯吧？」

「嗯。雖然價格多少有些貴，不過商店應該有擺才對。」

「在這裡打造的嗎？」

「……差不多吧。」

「那麼，請拿這把斧頭給打造魔鐵粉武器的人看。」

「這樣就行了嗎？」

「是的。我們會在南邊的旅店……叫什麼名字來著？」

「山麓附近的話是『貓眼亭』，如果是半山腰有『狐火亭』。」

「『貓眼亭』。我們在那裡投宿。」

說完，來領矮人的一行人就回去了。

在「大樹村」用魔鐵粉打造武具的，是獸人族的加特和他的兩名弟子。

加特看著陽子收下的矮人斧頭，顯得熱血沸騰。

「村長！這是戰帖！」

在我看來只是普通的斧頭，不過似乎是這麼回事。

「請安排一個讓我們比賽的場合！」

於是變成這樣。

5 名為比賽的慶典

「五號村」陽子宅邸正面的大操場。

許多人聚集在這裡。場面熱鬧，充滿活力。也看得到笑容。

我坐在操場一角的椅子上。

由於有遮陽的屋頂，所以很舒適……然而這張椅子的高度是怎樣？監視員嗎？遠處看得很清楚。

在我旁邊，陽子朗聲宣告：

「各位，久等了。從現在起，鍛冶比賽正式開始！參加隊伍出列！」

陽子的宣言一出，人群便將操場中央空出來。

然後，參加者們走到那裡。

比賽是團隊較量。

單人鍛冶似乎不太實際。

先露面的是加特與兩名弟子，加上兩名陌生獸人族組成的獸人族隊。

兩名陌生的獸人族是加特從「好林村」找來幫忙的。他們似乎打算以五人陣容和對方一較高下。

接著是把斧頭交給陽子、引發這個活動的矮人們。

人數有……六人。我擅自取名為斧矮人隊。

然後，還有三支純由矮人組成的隊伍。

先前關進牢裡的那些矮人，似乎分成三批參加比賽。

這些隊伍，我取名為牢房矮人Ａ、牢房矮人Ｂ與牢房矮人Ｃ。

下一組也是矮人居多，但也混了魔族與人類。

似乎是以「五號村」矮人為中心的隊伍。這是「五號村」隊。

以上，由六隊進行比賽。

陽子慢條斯理地用眼神掃過他們後，鄭重點頭。

「那麼各隊，說出你們的願望吧。」

這場鍛冶比賽。

優勝隊伍能夠實現一個願望。

當然，要在能夠實現的範圍內。

要是得勝之後才提出無理胡來的要求會令人困擾，所以一開始就讓他們宣告並加以檢查。

加特的獸人隊宣告：

「沒有願望。不過，那邊的矮人。要是我們贏了，可別再說我們火候不夠。」

加特瞪著斧矮人隊。

相對地，斧矮人隊說：

「我們隊伍的願望，是希望能將魔鐵粉便宜賣給我們。我們打造出來的武器，會比那邊獸人族鍛冶師的作品更加優秀。」
獸人族隊和斧矮人隊互瞪。
牢房矮人A、B、C無視前兩者。
「請賜予我們特赦！」
「五號村」隊說：
「我們想在村議會餐廳免費吃到飽三天！」
陽子點點頭，確認沒有問題。
同時，旁邊的洛克記錄在紙上。
「很好。那麼……」
陽子對我示意。
雖然事前人家已經指示過該說什麼，但還是會緊張。
「這回要大家做的是劍柴刀。刀身長度可自由決定。那麼，比賽開始！」
爆出一陣盛大的歡呼。
然後，各隊前往「五號村」的山麓鍛冶場。
為了這場比賽而建的鍛冶場。
每隊一處，共六處，設備全都一樣。
而且素材擺放處已經準備了大量素材，種類繁多。

也就是說得靠自己鑑定才行。希望大家加油。

好啦。

依然坐在椅子上的我，看著各隊離去後的操場。

周圍都是觀眾，目光集中在我身上。

我明白。

「那麼，五號村祭從現在開始。」

我的宣言引起了比剛才更大的歡呼。

五號村祭。

陽子和聖女瑟蕾絲計劃已久的「五號村」慶典。

趁著為加特和矮人們安排比賽場地的機會順便舉行。

「五號村」居民對於慶典的興趣似乎比鍛冶比賽來得大。

從設置於操場周邊和大馬路上的攤販飄來種種食物的香氣。

儘管準備鍛冶比賽花費十天，同時也做了慶典的準備。

如果有十天，鄰近的城鎮、村落也會有人來。不止有觀光客，還會有商人。

特別是戈隆商會的麥可先生顯得十分熱心，擺了好幾個攤位。

「大樹村」也有數名鬼人族女僕參加。

這次和平常不同，要收取費用，所以會計方面得花點工夫，但是很受歡迎。

帶來的露營馬車是不是很顯眼啊？

不止食物，還有表演、音樂與簡單的競技等，場面非常熱鬧。

這場慶典持續了七天。

雖然有點長，但那是因為鍛冶比賽長達七天。

陽子說是配合比賽，不過她們似乎原本就預期會持續這麼久。

我公開參加的行程只有一開始和最後，所以很悠閒……唉呀，「五號村」的事就交給陽子。

我走下椅子，準備去……啊，有護衛跟著啊？

我去享受慶典了。

三天後。

斧矮人之一要求與陽子會面。

「代理村長閣下，感謝您為我們準備比賽場地，但是……那個……」

「有什麼問題嗎？」

「是不是太小看我們的比賽啦？」

「很感興趣呀？還送了食物和酒去慰勞你們對吧？」

「這點非常感謝，可是……那個，不夠引人注目。」
「你這樣說我也很為難啊。鍛冶場地可以放觀眾進去嗎？」
「很危險，所以不行。」
「一小時能打造一把武器嗎？」
「想做就做得到，但是趕工不會有好結果。」
「對吧？鍛冶比賽不是什麼能招攬客人的東西。別那麼生氣。」
「不過啊……」
「要求是什麼？」
「嗯？」
「有什麼事想拜託我對吧？」
「……無論比賽結果如何，我們都想知道那輛變形馬車的構造。那東西做得實在巧妙。」
「只有這樣？」
「還有，請給我們那邊供應的料理和酒。隊伍太長了沒辦法排。我們可是正在鍛冶比賽啊。」
「知道了、知道了。我替你們安排一下吧。順帶一提，這些酒就是那裡的酒……要喝嗎？」
「不好意思。那我不客氣了。」

6 「五號村」之戰

五號村祭持續了七天。

不過，也不是完全沒有間斷。慶典從日出到日落，所以晚上照常運作。

嗯，雖然到處都能聽到宴會的喧鬧聲，不過在店內或家中就放行。

別在外頭就沒問題。

山麓的鍛冶比賽雖然會徹夜進行，不過那是作業上的不得已。

「五號村」的居民也以寬大的心胸守望。

…………

對他們多點興趣啦。

不，不強迫。抱歉。

好啦，這場鍛冶比賽呢……我不知道當成題目的劍柴刀是什麼。

劍柴刀是什麼樣的東西？和普通的柴刀不一樣嗎？

詢問決定題目的陽子之後，她讓我看了實物。

比較長的柴刀……也就是能當成劍使用的柴刀嗎？

在偏鄉，也會稱它為開山刀或砍刀，是種重視實用性的武器或說日用品，似乎是在森林中行走時用的物品。

「名稱偶爾會隨著刀刃長度改變，但是不需要在意。」

原來如此。

話說回來，鍛冶比賽的勝負要怎麼決定？

「正在想。不過，如果村長希望加特的隊伍獲勝，那我就這麼安排喔？」

「我要生氣嘍。」

「哈哈哈，開玩笑的。雖然相處時間不長，但是我了解村長的好惡。就公平地審查吧。」

我告別陽子，回到了「大樹村」。

這邊一如往常。

嗯，和慶典氣氛滿滿的「五號村」落差之大，每次都令人驚訝。

這就是傳送門的厲害之處吧。

「五號村」的慶典是自由參加。

我表示想去的人可以去，也會給他們資金。

但是，小孩一定要有大人陪伴。

這麼告訴大家之後，村民們分成數個集團前往。

出乎我意料的是烏爾莎。

起初她滿心想參加，但是一知道小黑的子孫和座布團的孩子不能去，就不再說要去了。

阿爾弗雷德和蒂潔爾也學她。

我很高興你們有顆溫柔的心，但是不需要忍耐喔。不要顧慮什麼，你們去吧。哈克蓮，烏爾莎就拜託妳了。

至於阿爾弗雷德和蒂潔爾，我則是找布兒佳和史蒂芬諾同行。

本來該由露和蒂雅陪同，不過她們最後一天好像要去看鍛冶比賽的結果。

一重是陽子之後會自己帶她去的樣子。

娜特希望最後一天再去。似乎是想看父親加特的英姿。

獸人族男孩們……第一天就去了。人潮好像讓他們逛得很辛苦。

我目送孩子們離去後，回到自己房間趴在墊子上。

稍微逃避現實。

小貓們爬上我的頭部和背部。妳們啊，既然長大了就收斂一點。相當重喔。

我突然感受到旁邊傳來的衝擊，隨即和小黑對上眼。

來陪我睡覺的嗎？

小雪不知何時已經來到另一邊。

…………

呃，這樣我沒辦法動耶。

我維持這個姿勢大約三十分鐘。

逃避現實結束。

面對現實吧。

「五號村」出了問題。

規劃五號村祭的期間，前去討伐固龜的格魯夫他們沒回來。

在他們不知道的時候舉行慶典會讓我過意不去，於是我派出了聯絡員。

聯絡員順利與格魯夫他們接觸，得到「會在慶典期間返回」的答覆後歸來。

好像是雖然解決了固龜，但是有其他麻煩的魔物，所以前往對付。我本來還很擔心，但是格魯夫他們不久前已經回到「五號村」。

還帶回兩組精靈族的大人物。

其中一邊的代表，是位看起來一本正經的中年男精靈。另一位代表，則是感覺相當好強的女精靈。

兩人一見到我和陽子，就宣告投降。

「要怎麼處置我都無所謂，還望對我們的聚落網開一面。」

這是看起來一本正經的的中年男精靈。

「請用我的首級，為這次的戰爭做個了結。」

這一邊，則是感覺相當好強的女精靈。

我用「這是怎麼回事？」的眼神看向格魯夫，他卻別開目光，於是我逼問他。

「慢著，村長。不是我們的錯。我們只是跟著帶路的精靈去對付魔物而已。」

既然如此，為什麼會變成這樣？

「不知道為什麼，我們被扯進精靈之間的戰爭，堅守之後雙方都投降了。」

……堅守之後？

「多、多少有採取一點攻勢……」

多少？

「因為對方夜襲，所以我們反過來夜襲回去……」

…………

頭好痛。

為什麼出去對付魔物，會演變成兩個精靈聚落投降啊？

啊～首先，我方的損傷呢？有人受傷？是數名冒險者。

死人呢？沒有。很好。

對方的損傷呢？傷者與死者呢？雖然許多人受傷，但是沒有死人。很好，避開了最糟的狀況。

然後……這樣等於是在「魔王國」內爆發鬥爭對吧？

總而言之，聽聽各自的說法吧。
雖然對精靈們不好意思，不過要麻煩你們暫時在旅店留宿。
住宿費就由我方……咦？因為慶典所以旅店客滿？

…………

用宅邸的房間。
稍後應該是文官會去詢問事情的經過，到時候就拜託了。
陽子，麻煩安排人手照料他們。

格魯夫、達尬，還有畢莉卡與畢莉卡的弟子們。從各方面來說都辛苦你們了。
很高興你們平安回來。
戰鬥既然是出於自衛行為的反擊，也就無可奈何。所以，讓我對你們說一聲——
「贏得好。」
詳情我明天再問，今天先休息吧。

「啊，抱歉。和你們同行的那些冒險者去哪裡了？」

這種場合提起或許太過直接，但我也想聽聽他們的說法。

「去慶典了。」

…………

是我想太多了嗎？

考慮到和「魔王國」的關係，我覺得事態很嚴重耶？

不行，需要休息一下。

……這麼想的我，回到「大樹村」逃避現實。

嗯～陽子不怎麼在意。

她大方地對這場勝利表示讚賞。

果然是我想太多嗎？其實沒什麼大不了？

一想到要聯絡「魔王國」說明事情經過，還可能要賠罪，就讓我心情沉重……

隔天。

和兩位前任四天王商量的結果，沒什麼大不了。

「魔王國」內有大大小小各式各樣的領地。

雖然禁止沒得到許可就攻擊「魔王國」以外的地方，但是沒有禁止「魔王國」內的領地彼此征戰。

好像是如果有理由，就算打仗也無妨。

這樣好嗎，「魔王國」？——儘管我這麼想，但是為了維持廣大的領地，似乎有必要這麼做。
簡單來說，就是不要與「魔王國」為敵。
這似乎才是重點。
所以，像這次降服「魔王國」旗下的精靈聚落，不算與「魔王國」敵對。
…………是這樣嗎？
「如果把精靈聚落殺光就會是個問題，但是降服他們收為部下，以『魔王國』的角度來說不至於削弱戰力。」
不不不，兩邊打起來不是會有人受傷嗎？
雖然想這麼說，但我也只能以「這個國家風氣如此」說服自己。
「無論如何，贏得勝利值得慶祝。我也想送點什麼東西。」
看著高興的兩人，讓我懷疑：自己昨天究竟在煩惱什麼啊……
之後，我再次接見那兩批精靈。
講接見會不會太囂張？就用會面吧。
我也請兩位前任四天王一同出席。
「我們認可兩個聚落的投降，今後就聽命於『五號村』吧。」
「遵命。」

這樣就結束了。

…………

回去「大樹村」和座布團的孩子們玩吧。

畢竟昨天沒和牠們玩到嘛。

閒話　矮人法諾

老夫名叫法諾。

率領由兩百名矮人組成的集團。

話雖如此，不過老夫十幾年前才當上首領，領導能力還沒得到肯定。

不久之前明明還能隨自己高興打鐵，當上領袖之後盡是麻煩事。前任首領總是一臉不高興的理由，如今老夫完全明白了。

就在這種時候，老夫得知一群做事不先動腦的傢伙給某個村子惹了麻煩，被人家關進牢裡。

告訴老夫這件事的，是住在附近森林裡的精靈。

真奇怪，這些凶暴的精靈向來討厭矮人，為什麼會提供情報？

不，情報是真的幫了大忙。

只要去領人，對方就會釋放關進牢裡的矮人對吧？

雖然萬分感謝，可是那些傢伙也讓老夫傷透腦筋。

真想置之不理，讓人家就這麼關著他們……

不過惹到的村子，好像是那個「五號村」。

儘管是最近才建成，但是聽說許多「魔王國」的有力人士聚集在那裡。

沒辦法放著不管吧。

身為首領，必須為自家人惹出的麻煩賠罪。老夫向帶來情報的精靈道謝，準備踏上旅程。

……咦？希望簽個名證明已經收到情報？需要嗎？呃，區區簽名是沒關係……嗯，看來很重要。老夫知道了。

老夫和幾個比較溫厚的人前往「五號村」。

畢竟要是帶粗魯的人過去，搞不好反而會起爭執嘛。

出發前蒐集情報之後，才曉得那些被關進牢裡的傢伙，目的是「五號村」販售的武具。正確說來，是武具裡含有的魔鐵粉。

以那些傢伙的性子看，多半是要人家白白交出來吧。

真是的，這招只適用在矮人社會，其他地方不管用。

在其他地方，應該老實地說「請讓我使用魔鐵粉」。

就是因為不試著去了解這些，才會連首領候選人都當不上。

抵達「五號村」。

老夫的嘴巴想必張得很大。

之前已經聽說「五號村」是個很大的村子。

不過，這地方哪裡算是村子？根本是個巨大的市鎮……不，是城市吧！

那群笨蛋！居然在這種地方給人家添麻煩嗎！

嗚……胃好痛。

所幸，「五號村」的代表……代理村長大人是一位非常溫和的人物。

她乾脆地接受了我方的賠罪。暫且放心了。

照這個樣子看來，應該不會隨便殺掉關進牢裡的那些矮人吧。那就不用特別請求釋放了。希望能直接按照此地法律處罰他們。

對那些傢伙來說也是一帖良藥。

給人家惹了多少麻煩，就在這個村子裡幹多少活贖罪吧。

喔喔，對了。差點忘了。

老夫將斧頭遞給代理村長大人。

「好一把鋒利的斧頭啊。」

這是老夫打造的，居然能得到這種評價啊？真令人高興。

抱歉有件事要麻煩您，希望您將這把斧頭拿給用魔鐵粉打造武器的人看。

這麼一來他應該會明白吧。

老夫會等待聯絡。

南邊的旅店……叫什麼名字來著？名字相似的旅店好多，有點難記。

代理村長大人啊，這部分還是想辦法處理一下比較好喔。

事情演變成鍛冶比賽。

怪了？為什麼？老夫弄錯什麼了嗎？

原本以為只要讓這個村子的鍛冶師見到老夫的斧頭，就能讓他明白了。

老夫乃是已習得「魔王國」少數菁英鍛冶集團技術的鍛冶師。

這麼做本來是打算證明自己有資格運用魔鐵粉。

該不會，這是為了測試老夫的實力？如果是這樣就無法回絕……一見到對手，老夫便吃了一驚。

加特大人？「好林村」村長的兒子？

咦？這個村子的鍛冶師，難道是加特大人？

……糟、糟糕，完全是個失策。

老夫的技術，就是「好林村」的技術。老夫曾在「好林村」修業數年。

將老夫的斧頭……將融入「好林村」技術的斧頭拿給「好林村」的鍛冶師看，等於是挑釁啊！

怎麼辦，被他瞪了。

不、不是這樣的。真的不是。呃、呃……

「那邊的矮人。要是我們贏了，可別再說我們火候不夠。」

嗯………加特大人雖然瞪著我們，嘴角卻有笑意。

該不會，他還記得老夫？

他和老夫相遇時，明明還只是個連鍛冶場都進不去的孩子……不不不，懷念之情先放到一邊。

老夫很在意後面其他矮人的目光。

如今老夫是首領。雖說出於誤會，但畢竟是身為首領的老夫挑戰對方。唉呀，不得已。

「我們打造出來的武器，會比那邊獸人族鍛冶師的作品更加優秀。」

老夫可也沒有打混。就讓大家見識一下老夫身為鍛冶師的手藝吧！

鍛冶比賽是為期一週的長期戰。

這段期間，「五號村」似乎在舉行慶典。

唔，歡快的音樂。感覺很好吃的食物香氣。雖然送來了料理和酒，卻不是這個香味。應該有聞起來更香的料理吧？還有酒。對，還有酒。

呃，不好。要集中在鍛冶上。

老夫要打造一把能當成畢生代表作的劍柴刀！

可是，聞起來好香的料理和酒令人在意。

要輪流去排隊嗎？

唉，早知道會這樣，應該多帶點人過來的。

第三天。

拜託代理村長之後，她為我們準備了聞起來很香的料理和酒。

大家輪流享用。

料理好像叫咖哩、披薩、烏龍麵，還有串炸。

嗯，每一樣都好吃。

老夫特別中意串炸。

哦哦，這串是雞肉，那一串則是蔬菜和……相當有意思。

酒。

令人驚訝。這麼好喝的酒，老夫是頭一次喝到。還有許多種類。

各式各樣的酒裡，最為耀眼的就是啤酒。

和串炸很合。

合到讓人懷疑啤酒會不會是為了串炸而生。

啊，不好。

差點忘了鍛冶。不能進入宴會模式。宴會要等比賽結束再說。

最後一天。

老夫的腿都要軟了。

連矮人族之王都要小心應付的男人——長老矮人族的多諾邦大人都來參觀了。

目的是鍛冶比賽。

……咦？不是酒？啊，這個村子的酒是多諾邦大人釀的……真好喝。

就算是老夫，在多諾邦大人面前依舊會緊張。

鍛冶比賽的審查方法很單純。

用了就知道——審查員們會拿起這場比賽所打造的劍柴刀，接連劈砍準備好的細木材。

嗯，做得不壞。

加特大人的劍柴刀也不簡單。

令人不爽的則是關進牢房那些矮人打造的劍柴刀。做得很不錯。

那些傢伙態度雖然差勁，卻很有本事。

叫做「五號村」隊的那些人，打造出來的劍柴刀也不差。

最近冒險者之間似乎正在流行那種劍身中段稍微彎曲的形狀吧？好像也適合投擲。上了一課。

不過，有件事從方才就令人在意……審查員為什麼是精靈？

而且，他們不像是會在這種地方擔任審查員的精靈啊？

假如老夫沒有記錯，那兩人不是戈恩森林的樹王和加雷茨森林的弓王嗎？還是單純長得很像？

然後……是不是還混了高等精靈？老夫沒看錯吧？

審查結果，贏得鍛冶比賽優勝的是「五號村」隊。

雖然關進牢房裡那些傢伙在埋怨什麼偏袒，可是老夫能夠接受。

老夫打造的劍柴刀，太過重視外型了。

相對地，「五號村」隊則是重視實用性。

想來是活用了過往接受冒險者下訂的經驗吧。

加特大人……大概是平常就使用魔鐵粉的弊害。

這次鍛冶比賽準備的素材雖然算得上一流，卻沒有魔鐵粉。加特大人決定不用魔鐵粉一較高下。

有無魔鐵粉，打造的方式和火焰的溫度會不一樣。

感覺他這一次是一邊調整一邊打造，所以沒辦法完全發揮實力。

如果比賽再拉長一週，應該會是加特大人優勝吧。

雖然輸了比賽會不甘心，可是結果令人滿足。

好啦，得向加特大人賠罪、解開誤會才行。

要告訴他，讓他看斧頭不是為了挑釁……

怪了，加特大人身旁有幾位眼熟的……呃……從右邊起，分別是吸血公主、殲滅天使、撲殺……

「挑釁加特的是你啊？」

「唉呀，露。妳認識法諾先生啊？」

「是啊，我曾經拜託他幫忙磨中意的短劍好幾次。」

沒錯，好幾次。我還記得。

半夜把老夫叫醒，逼老夫立刻磨的霸道委託人。

「不過那把短劍已經被妳折斷了。」

「啊～就是差點砍掉我右手的短劍？」

「對，就是那把。」

「那把很鋒利呢～」

「真可惜。所以呢，妳也知道他的名字？」

「是啊。天使族有一部分武具是請他幫忙。」

我們是從好幾代以前的首領開始和她們往來。交貨日期嚴得要死。

還有，她們會拘泥細部裝飾，所以相當煩人……不，困難。

為什麼會要求在鎧甲內側雕刻？根本看不見吧？天使族會為此高興，但是老夫無法理解。這樣只會削弱耐久度吧？要是遭受打擊，紋路會在肌膚上留下瘀痕喔。

不，底下有穿衣服，應該不至於發生這種事吧。

總而言之。

從現場氣氛看得出來她們是這個村子的關係人士。

結論。

還是別和這個村子扯上關係吧。雖然想用魔鐵粉，不過最好還是放棄。只能這樣。

嗯？喔喔，代理村長大人。這回承蒙您……咦？優秀的鍛冶師不嫌多？不，我們明天就要離……

讓牢房那些矮人當老夫的部下？那些傢伙不可能聽老夫的話啦。現在要舉行宴會？這倒是令人高興，不過……多諾邦大人還有很多種酒？哦哦！

隔天。

老夫率領的矮人團隊，留在「五號村」從事鍛冶工作。

至於為什麼就不說了。

是酒的錯。是串炸的錯。什麼新料理的也很好吃。

…………

希望老夫……不，希望咱們的未來一片光明。

7 和座布團的孩子玩

想和座布團的孩子玩……但是玩什麼才好呢？

我找當事者們商量。

…………

於是變成觀賞座布團孩子劇團的發表。

上演的戲劇有三齣，舞臺在我房間桌上。

哦哦，連服裝和舞臺都準備了。

咦？布幕也有？是來真的。

第一齣是王道的勸善懲惡戲碼。

內容是魔物正遭到壞冒險者欺負時，被趕到的好冒險者解救。

起承轉合做得很確實，簡單易懂。

而且，大場面武戲相當不賴。

第二齣是以料理對決為題材的音樂劇。

為了表現食物的美味，才選擇編成音樂劇嗎？

二十隻腳步一致的舞蹈非常出色。

第三齣是推理。

哦哦，嶄新的死法。

而且，詭計相當不簡單。甚至利用了舞臺裝置呢。

舞臺裝置是和山精靈合作的。原來如此。

每齣戲的長度都在十分鐘左右……但是很有趣。

大家都卯足全力在演出呢。

沒錯，不要在意失敗。

音樂劇的時候，有點複雜的舞步讓你們絆到腳了對吧。

有受傷嗎？嗯，沒因為那次失誤就停下來，你們真的很努力喔。

而且，周圍的掩護也很漂亮。

整體來說……每個團隊，都可以再多利用一點舞臺的寬度。

感覺有點狹窄呢。

還有，我覺得用告示牌提詞是個好主意，不過字是不是再大一點比較好啊？

引進黑子或許也不錯。

知道黑子嗎？雖然站在舞臺上，觀眾卻會當他不存在的演員幫手。

如果不好好扮成黑子這種簡單易懂的模樣，可是不行的喔。

哈哈哈，大家真有趣。

…………

但是，這樣算得上一起玩嗎？

我只有看而已吧？

不然還有個主意，我們一起……演戲應該沒辦法吧。

好，像山精靈他們那樣協助製作舞臺裝置……嗯，做得真精美，也安排了這次沒派上用場的其他機關。看來舞臺裝置沒有我出馬的餘地。

沒辦法，那我就製作照明裝置吧。把氣氛炒熱吧。

座布團的孩子們也表示贊成。
問題在於光源……因為沒有電，這時候就要拜託露想辦法用魔法擺平。
嗯？你們問我拜託露就不麻煩嗎？確實很麻煩。不過，這是為了你們，包在我身上吧。
然後下次讓孩子們看看吧。只有我看太可惜了。放心吧。
哈克蓮有好好教他們，所以他們識字。雖然蒂潔爾令人有點懷疑……
若是音樂劇，就算看不懂文字也能享受吧？嗯，絕對沒問題。

那一天，我和座布團的孩子們一起專心地製作照明裝置。
畢竟要是我一個人做，就算不上一起玩了嘛。

照明裝置完成，座布團的孩子們十分高興。
然後，座布團在我背後處於待命狀態。

…………

在大家露出期待眼神時還講這個實在抱歉，不過已經是晚上了。
要玩等明天好嗎？
看見座布團點頭讓我鬆了口氣，同時反省自己太過專心。
肚子也餓了。在惹安生氣前，先去吃晚飯吧。座布團的孩子們也是，要好好吃飯喔。

他們一同舉起腳表示「我知道」的模樣很可愛，讓我不禁笑了出來。

8 戰爭的前因後果

詢問過精靈及冒險者們之後，查明了與精靈聚落相爭的前因後果。

格魯夫、達尬、畢莉卡、畢莉卡的二十名弟子與三十名冒險者，這一行成了超過五十人的集團。

雖然有五名精靈帶路，但是為了將固龜已經解決的事向聚落報告，有三人先行離開。在格魯夫等人身邊的精靈剩下兩名。

他們打算處理其餘魔物及確保糧食，因此在森林中移動。

加雷茨森林的小部隊發現了他們。這支小部隊的目的，在於監視聚落周邊。

發現位置和精靈聚落勢力範圍有一段距離，照理說不會演變成戰鬥。不幸的是，這支部隊和格魯夫他們身邊的兩名精靈是敵對關係。

加雷茨森林小部隊的隊長是個年輕人，看見兩名敵對精靈與格魯夫一行之後，產生天大的誤解。

「他們從別處找來了軍隊。」

小部隊的隊長向「加雷茨森林聚落」求援。

從「加雷茨森林聚落」出動的精靈超過百人。

加雷茨森林精靈的戰法，基本上是散開並包圍對方，再以弓箭與魔法進行遠程攻擊。

正當他們遵從基本原則開始包圍格魯夫一行時，三名前往精靈聚落報告的帶路精靈回來了。

但是，他們三個無法會合。

三人遭受開始包圍的加雷茨森林軍隊攻擊全都受傷，遭到了俘虜。

這時候三人還有同行者。為了對解決魔物一事道謝，精靈聚落來了個有點地位的人物。

傷了一臂的他撤退，回聚落後大喊：

「加雷茨森林的傢伙攻過來了！」

帶路精靈們的聚落就是「戈恩森林聚落」。

「戈恩森林聚落」也出動了超過百人的精靈。

不幸的是，從「戈恩森林聚落」出動的精靈們，還沒聽說格魯夫等人的事。

更不幸的，就是在加雷茨森林軍隊的攻擊下，兩名帶路精靈早早負傷。

在無人能解釋的情況下，「戈恩森林聚落」和「加雷茨森林聚落」爆發了戰鬥，格魯夫等人正好就在雙方中間。

相對地，格魯夫等人很冷靜。

首先，他們對先發制人的「加雷茨森林聚落」軍隊進行反擊。

格魯夫、達尬與冒險者們難以處理貫徹遠程攻擊戰法的軍隊，但是畢莉卡與她的弟子大為活躍。

他們躲開攻擊和魔法迅速接近，一擊放倒精靈。
在這段期間，「戈恩森林聚落」的軍隊接近。
他們雖然是與「加雷茨森林聚落」敵對的精靈，但是格魯夫等人不知道，誤認成敵人的援軍。
沒人解開這個誤會。

從白天戰到夜晚，又從夜晚戰到白天。
兩個精靈聚落又來了增援。
在合計五百名精靈戰鬥的戰場中央，格魯夫等人想到了突破僵局的方法。
那就是攻略敵人的根據地。
從敵人的動靜能推測，疑似敵軍根據地的場所有兩處。其中一邊應該是真的。
大概是戰鬥持續太久，讓他們過於亢奮了吧。
明明相對於敵人是少數，格魯夫等人卻把戰力一分為二。
然後，在第二天晚上分別以兩處根據地為目標開始移動。
兩隊一邊擊退追來的敵人一邊前進，最後都在第四天白晝抵達敵人根據地……精靈聚落。
兩個精靈聚落宣告投降。
一起聽完這些的人們下了個結論——這是一場不幸的遭遇戰。

幸好只有人受傷。沒死人真是太好了。
精靈聚落和格魯夫他們都有人會用治療魔法似乎是關鍵。
可是既然如此，先治療帶路的精靈不就能讓敵人減半……
「沒辦法無限使用對吧？不用管我們，你們先保護你們自己。」
帶路的精靈這麼說完，就昏過去了。
無意義地硬撐，造成了反效果嗎……
算了，我能夠感嘆，也是因為置身事外嘛。如果身在現場，鐵定會陷入恐慌。
格魯夫他們已經很努力了。
而且，這次的結果應該是所有人都以最佳解為目標得來的。

一開始來「五號村」拜訪的精靈聚落「戈恩森林聚落」。
代表是位中年男精靈。
他似乎擅長操縱樹木的魔法，人家好像稱他為「戈恩森林的樹王」。
攻擊格魯夫等人的則是「加雷茨森林聚落」。
代表是看起來很好強的女性。
她擅長弓箭，人家好像叫她「加雷茨森林的弓王」。

……明明只是個聚落，為什麼會稱「王」啊？因為愛面子嗎？

算了，反正兩位代表已經率先表示要為「五號村」幹活，所以我接受了。

兩個森林原本好像是敵對關係，一起工作沒問題嗎？

已經問過敵對理由的陽子，一臉無奈地表示並非什麼重大理由所以不用在意，於是我就不去管了。

總而言之，兩人分別帶了數名隨從搬進「五號村」。

在兩位前任四天王的提議下，決定在接近「五號村」山頂處為他們安排住家。

需要做到這種地步嗎？

「他們是在『五號村』周邊盤踞勢力的代表。如果厚待他們，可以避免和其餘勢力相爭。」

那就有必要了。

務必替他們安排住家。

要讓他們兩人做什麼呢？

和冒險者們一起對付魔物、魔獸，還有協助「五號村」的內政事務嗎？

對付魔物和魔獸我懂，可是協助內政……樹王看起來沒問題，但是弓王好像不太行吧？

主要是對外交涉？恕我直言，這才真的不行吧？他們人面很廣嗎？

總而言之，先拜託兩人擔任慶典最後一天鍛冶比賽的審查員，藉此露個臉。
和我一起來的高等精靈莉亞，也以審查員的身分參加。
莉亞是不是認識那兩人啊？看她主動向兩人搭話。
「我已經警告那兩個人了。想來他們今後不會再替『五號村』添麻煩了吧。」
呃……謝謝。

儘管加特沒贏下鍛冶比賽很可惜，但是結果沒什麼好抱怨的。
我就為了贏得優勝的「五號村」隊……不，為了參賽者下廚吧。
哈哈哈，別客氣。
不，因為「五號村」是陽子和兩位前任四天王在費心嘛。我能做的不多。樹王和弓王也有份。

斧矮人隊也留在「五號村」，或者該說正式搬過來了。
他們似乎會負責鍛冶相關的工作，真是幫了大忙。
至於牢房矮人隊A、B、C……回牢房待一天之後，就讓他們到斧矮人手下幹活是吧。了解。

「五號村」的對外交流果然很多。
如果是我大概早就放棄了吧。陽子沒問題嗎？輕鬆？嗯～真可靠。

那麼，「五號村」就交給妳嘍。

啊，不要隨便攻打人家喔。雖然如果人家攻來就沒辦法了……

「我不會做那種讓村長擔心的事。『五號村』就包在我身上吧。」

我感受到一股有經驗掛保證的威嚴。果然很可靠。

有種「美女領主」的感覺呢。

不過，晚上她會回「大樹村」，以狐狸的模樣當個懶鬼。

「有什麼困難記得找我商量。雖然派不上用場，但是至少能聽妳發牢騷。」

聽到我這句話，陽子停頓了一下，接著放聲大笑。

我明明是在替她打氣……

「抱歉。不過，要是村長派不上用場，這世界也未免太嚴苛啦。如果你不能再有自信一點，你身邊的人大概也會很困擾。」

唔，我考慮考慮。

「五號村」新人事

代理村長　陽子

顧問　兩位前任四天王

首席武官　希伊

首席文官　洛克
情報蒐集官　娜娜
警衛主任（暫定）　畢莉卡
警衛　畢莉卡的弟子
外交官　樹王與弓王

9 藥櫃與櫃子房間

當春天開始種植的作物已經離收成不遠時，我在工作間忙著做木工。

我在做藥櫃。這是露拜託的，所以我正在努力。

說是藥櫃，但也只是個很多抽屜的櫃子，只要不弄錯尺寸就不難。

至於抽屜大小，我已經問過露的要求了。

高二十公分，寬也二十公分，深度六十公分。容納抽屜的櫃子是十組乘以十層，預定從正面看會是個正方形的櫃子。

先做櫃子，再把抽屜一個個做出來。

櫃子很簡單。

先前做過許多次的經驗發揮了效果，尺寸也確實地計算、測量好了。
當然，木頭厚度也有納入計算之中。
抽屜不能做得太剛好，不然會變得不能動，需要留點空間。
嗯，幸好做第一個抽屜時就發現這件事。
可是，該怎麼辦呢？其實抽屜的零件我一開始就全部切好了。
只剩下組裝……
沒想到自己作業精準會造成反效果。要削薄嗎？
不，不如做個新櫃子吧。嗯，這樣比較快。需要重新準備的零件也比較少。

我試著做了新櫃子。
抽屜動得很順，不會太鬆，也不會太緊。完美。
那麼，就努力把剩下的抽屜全部做出來。
抽屜要加上把手，以及在四個角落弄上金屬裝飾。
這些金屬裝飾和把手是加特弟子做的。
一百個抽屜的量，備用品則是十個抽屜的量。
形狀和大小全都漂亮地弄成一樣，令人著迷。
但是一個人裝這些東西很累。

結果座布團的孩子們過來幫忙。就算只是將抽屜、金屬裝飾和把手拿到我面前，也算幫了大忙。

如此這般花了不少時間，藥櫃完成了。

雖然是自己做的，但我要說做得很不錯。

馬上搬到露那邊吧。

搬運櫃子時如果不把抽屜固定會很危險。

正當我思考該怎麼辦時，座布團的孩子們已經用絲線固定好了。真是幫了大忙。

然後就是搬運。

大約三十隻座布團的孩子合力舉起櫃子，就這麼開始移動。

其他的座布團孩子們則幫忙開路、指引和開關門。真的幫了不少忙。

最後搬進露做研究的房間。

露看見藥櫃之後的反應很好。

「謝謝，我會好好珍惜它。」

原本以為露馬上就會把藥放進去，她卻在所有抽屜都放進同樣的草。

怪了？妳只是要個大櫃子嗎？

「不是這樣啦。這是在幫藥櫃驅魔。雖然應該沒問題，但還是姑且做個預防措施。畢竟藥變質就麻煩了。」

類似消毒嗎？嗯，畢竟這麼做的人是露，想必不會有錯吧。

「如果有什麼問題就告訴我。」

我這麼說完，就和座布團的孩子們一起回到工作間。

工作間裡，還留著一開始做的櫃子。

好啦，這個該怎麼辦呢？把它毀掉又很浪費。

要做這個櫃子用的抽屜嗎？還是說，直接當成櫃子利用呢？

看上去也很像鞋櫃，那就當鞋櫃……尺寸好像小了點呢。

就在我煩惱時，座布團的孩子們先後鑽進櫃子裡。

…………

對於拳頭大小的座布團孩子們來說，是略微寬敞的個人房。

對於雜誌大小的座布團孩子來說，是略窄的個人房。

這種大小比較能安心？這樣啊。

那麼，這個就當座布團孩子們的房間吧。

問題在於，該把這個櫃子擺在哪裡……放外面會比較好嗎？還是在屋裡找個空房間也沒關係？

屋裡比較好是吧？知道了，我去徵求安的同意。

「這間屋子是主人的東西，您可以自由運用無妨喔。」

雖然妳一臉「為什麼需要我同意」的表情，但我可不會上當。
上次我擅自改造一個空房間之後，妳的臉色難看了好一陣子。
「之前那一次，是因為您把土鋪滿整個房間。」
什麼鋪滿，我可沒有直接鋪喔。
我在下面擺了木箱，只是把土堆在箱子上吧？
目的不是搞室內栽培，而是為了烏爾莎的土人偶。
在烏爾莎房間當房間管理員的土人偶待在普通房間會不會坐立難安？我當時對這點感到疑惑。
於是，「怎樣的房間才會讓他覺得自在」成了試錯的方案之一。
嗯，就結果來說，土人偶表示待在普通房間也沒問題。
更重要的是，他很煩惱該怎麼讓烏爾莎不要把脫下來的衣服亂丟。
總而言之，得到使用屋裡空房間的許可了。
所以趕快把櫃子擺好。
嗯，感覺不錯……但是相較於座布團孩子的數量，櫃子小房間明顯不夠。
多出來的座布團孩子們看著我。
……知道了。我努力吧。
不需要抽屜，三兩下就可完成。

我花費三天，總共做了八個櫃子。

屋裡的空房間成了櫃子室。

雖然仍不到座布團孩子的總數，但牠們似乎會好幾隻擠一格，或是輪流使用。真是溫馨。

雖然溫馨，可是該怎麼說呢？

有種在養蜂，或者說養蟲的感覺。

嗯？在我腳邊的是比雜誌還要大的座布團孩子，有半張榻榻米大小。

…………我知道了。

看來需要大一點的櫃子和另一個空房間呢。

…………已經長到兩張榻榻米大小的孩子，我覺得就別擠進櫃子，直接用空房間就好了吧？

不，呃，這麼一來，就會變成空房間不夠了呢。我知道了。

就做一個……不，做好幾個已經不知道能不能算櫃子的櫃子吧。

然後再一個空房間。

唉呀，畢竟你們幫了我很多忙嘛，這點小事就別在意了。

櫃子室在周遭人們的認知中，已經成了座布團孩子們的休息室。

數天後。

以拳頭大小座布團孩子為主的第一個櫃子出現了異狀。

好幾個小房間被座布團孩子們的絲封住。

以前從沒看過這種舉動。

這是什麼？繁殖？還是脫皮？你們也沒像蜜蜂那樣採蜜吧？

由於隔壁間的座布團孩子說沒問題……雖然令人擔心，不過就相信牠們，別去亂碰吧。

從那天起，封住的櫃子小房間數量持續增加，最後增加到二十一個。

又過了數天。

春收剛開始的時候。

最早封住的櫃子小房間打開了。

…………

座布團的孩子從中現身。

是以前沒見過的種類。

不過，牠和往常一樣舉起腳打招呼。嗯，不管變成什麼模樣，內在都還是老樣子呢。很好、很好。

是因為脫皮了嗎？看起來閃閃發亮喔。啊，因為變了個模樣，所以算是變態嗎？還是進化？算了，

就當是脫皮吧。

其他的小房間也陸續鑽出其他新種的座布團孩子。
背上的圖案相當帥氣嘛。
哎呀，第一隻也很威風喔。哈哈哈，別生氣啦。

露她們看過之後，表情僵住了。
明明沒那麼恐怖。
女性拿蜘蛛沒轍嗎？不不不，她們能正常地和座布團的孩子們相處。
果然是因為還不習慣嗎？
喔，阿爾弗雷德和烏爾莎倒是很有精神地打招呼呢。不可怕對吧。很好、很好。
之後，櫃子室也經常當作座布團孩子們的脫皮間使用。

…………
在這之前你們都是怎麼做的？
你說在樹洞之類的地方……我應該早點做的。抱歉。

題外話。
貓的孩子烏兒鑽進櫃子小房間之一睡覺。
不用擠進那麼狹窄的地方也……

座布團的孩子們，抱歉。我馬上回收。

嗯？讓牠就這麼睡不要緊？這樣是幫了大忙沒錯……活在世上就該互相幫助？你們真是溫柔啊。

我也要努力學習這份溫柔。

對於下了這種決心的我，已經睡迷糊的鳥兒以叫聲抗議太吵。真是的。

露和安的對話——

「那個是告死蜘蛛對吧？據說一隻就能毀滅王國那種。」

「和文獻上所畫的模樣一致。」

「然後，另一種是詛咒蜘蛛的菁英型。」

「據說群體之中有沒有牠，威脅程度會相差十倍。」

「妳說群體……光是一隻詛咒蜘蛛就會引起大騷動耶。」

「是呀。在這裡住久了，許多感覺都會失靈。」

「一點也不錯。」

有個陌生男人在屋裡。

年紀約二十歲中段，個頭很高，身高略微超過一百八十公分。

長髮束在腦後，卻有股不會讓人誤以為是女性的英氣。

他身穿管家服，站姿筆挺。

那身管家服讓我以為是惡魔族，不過他旁邊站的是露。既然是露，代表應該是吸血鬼朋友吧？還是說，他是墨丘利種的新面孔？

「敝人名叫厄斯。」

他非常有禮貌地問候。

「您真客氣。我是火樂。」

……嗯嗯？有種詭異的感覺。這怎麼回事？我看向露。

於是露一副惡作劇成功的模樣笑了出來，然後告訴我真相。

「他是土人偶啦。」

咦？

他彷彿對我的疑問有所反應，身軀化為泥土……就這麼垮下來。

土人偶和手套從裡面鑽出。哦哦。

似乎是小小的身體已經快要難以照料烏爾莎，所以土人偶找露商量。

就土人偶的角度來說，是想另外找人陪烏爾莎，但是露有不同的看法。

「如果身體小不方便，換成大的身體不就好了嗎？」

於是露做出帶有魔力的黏土。

從「大樹村」的高品質田裡取土灌注魔力，加入藥草等物品調整而成的魔黏土。

原本似乎是在迷宮、宅邸設置陷阱時使用的。

「雖然光是這樣不行，不過陷阱還加上了讓它自動恢復原狀的機關。」

拿這種黏土塑造土人偶的身體，就成了能自由變化的土人偶。

土人偶就像要證明這點似的變身成各種模樣。巨大的手、雕刻、玻璃瓶與液體，還有方才的男性。

「這個造型是露的喜好嗎？」

「若是我的喜好就會變成老公你嘍。這是土人偶想像出來的。」

「原來如此。」

不過，真是了不起的變身。連衣服也能重現。

可能是因為顏色也變了吧，不仔細看就不會發現。頭髮、肌膚與衣服，看上去的質感截然不同。

頭髮雖然感覺像是用髮膠固定，不過看起來就像真的一樣。肌膚也……嗯，很有光澤呢。儘管看起來很柔軟，不過一摸就知道是土。

衣服雖然像是真的……但是皺摺和汙垢太少了。

「為什麼只有手套是真的？」

「為了不要弄髒摸到的東西。」

哦哦，儘管看起來像真正的手，不過終究還是土嘛。是考慮到烏爾莎的關係吧。

「村長，今後我想以這個模樣活動，還請您准許。」

「嗯，沒問題。那麼，這個模樣的時候可以叫你厄斯嗎？」

「好的，請多多指教。」

厄斯得意洋洋地前往烏爾莎的房間。

…………

在烏爾莎房間起了點爭執。

嗯，一般來說不會知道那是土人偶嘛。

烏爾莎因為找不到土人偶而大吵大鬧，厄斯費了很大的力氣，最後變回土人偶的模樣才說服她。

有一點變化。

烏爾莎似乎很多事會自己來了。

厄斯很開心地向我報告。

還有，他的管家服和鞋子換成真品了。好像是座布團的孩子們送的禮物。

很抱歉在人家高興地報告時講這種話，不過我已經知道了。鞋底是座布團的孩子們拜託我做的。

有一個小小的變化。

阿爾弗雷德似乎對烏爾莎身邊的厄斯產生了競爭意識，令人不禁嘴角上揚。

但是，不需要那麼急著長大喔。

有很大的變化。

露製作大量魔黏土運到了「溫泉地」。

她試著使用那些魔黏土塑造出死靈騎士的身體。

比想像中還要瘦呢。不過肌肉很結實……那是生前的模樣嗎？還是想像出來的？每個都很英俊呢。

可是，為何突然想這麼做啊？……他們表示，原來的模樣會嚇到人。

確實聽說過有些不熟悉死靈騎士的人，來到這裡時飽受驚嚇。

不過，很快就習慣了吧？今後從「五號村」來的人或許會變多，這是預防措施？原來如此，所以才找露商量啊？

抱歉，讓你們費心了。

露得意地表示，魔黏土還有防水性，能直接進溫泉。

我要給的建議是……先恢復原來的模樣，然後在獅子一家的面前變身。

嗯，要避免多餘的麻煩。

有小小的怨言。

「不過，田裡的土不知不覺消失，原來是露幹的好事啊？」

我原本還以為是樹精靈做的。抱歉，不該懷疑妳們。

然後……

「啊哈哈，對不起。」

似乎是研究狂熱失控的結果。

算了，畢竟是還沒種東西的地方，要說無妨也的確是無妨……

「說一聲我就會給妳啦。」

「嗯，下次會記得說。」

有大大的怨言。

「為什麼大家有事商量都找露……明明我也在。」

蒂雅抱著酒桶發牢騷，我則陪著她。

唉，的確是這樣。明明蒂雅也是魔法專家，還真是奇怪呢。

「對吧？找我商量很難嗎？」

沒這回事喔。我不是經常找妳商量嗎？

「結果每次有事總是找露……嗚嗚嗚……」

乖喔、乖喔。

下次拜託人家找蒂雅商量吧。

11 男人的浪漫

男人這種生物呢，會對很難派上用場的東西感到浪漫。

好比說露營車。

雖然很棒，但是平常怎麼辦？要放在哪裡？住在車上嗎？

男人會無視這些疑問，覺得露營車很浪漫。

好比說樹屋。

在樹上的屋子住起來舒適嗎？夠堅固嗎？爬上爬下不會很累嗎？

男人會無視這種疑問，覺得樹屋很浪漫。

靠感覺。這就是男人。

所以我做了。

嗯，男人是種偶爾會失控的生物。但是，我不後悔。

露營車已經有以前做的露營馬車，所以這次是別的。

我做的是樹屋。

在村子周圍的森林裡，巨大的樹木要多少有多少。

我選了一棵高大約十公尺、樹幹直徑大約五公尺的樹。因為它看起來比較容易蓋房子，或者說長得看起來希望人家蓋房子，所以我直覺就是它了。

困難之處在於爬到樹上的方法。

沒有道具要爬上去難度很高。

把繩子掛到樹上，拉著往上爬……嗯，辦不到。繩梯也很難。

最後我做了一把木梯子。

由於十公尺的木梯子也很恐怖，所以大約有五公尺左右是搭配普通的階梯。

雖然我也考慮過在樹上鑽洞插棒子進去的階梯，不過這種也可能踩空。

所以結合了階梯和木梯子。

然後，在樹上蓋房屋。

雖然只是個約一坪的小屋，但是我沒有直接在樹上蓋。

首先，在樹下蓋好。

改善它的問題後分解，再拿到樹上重新組裝。

把分解的小屋搬上去很辛苦，但是有座布團的孩子們幫忙。

小屋牢牢固定在樹上。為了避免掉下去，還在它周圍立起柵欄。

接著，在屋裡製作單人床、小櫃子和桌子。

照明應該也有需要。畢竟是在樹上，實在不方便用火。

這個就向露借吧。

最後，把肉乾、水果、飲料和餐具拿上來，收進櫃子裡。

於是我的城堡完工了。

愜意。

相當愜意。我是不是喜歡比較窄的房子啊？呵呵呵。

哎呀，座布團的孩子，謝謝你們幫忙。嗯，隨你們高興待多久都行喔。

在牆上做個給你們用的小櫃子吧。要是放在下面我可能會踩到嘛。

嗯？往上看的我，腳邊有種柔軟的觸感。

仔細一看，是小黑。

…………

從階梯上來的嗎？就算你露出「不用管我」的表情，我也不知該怎麼回應啊。

你來是無妨，但是下得去嗎？那是木梯喔？啊，尷尬了。

算了，畢竟小黑體能優秀，總會有辦法吧。

好，喝點酒慶祝完工嘍。

小黑的份就倒在盤子裡。座布團的孩子們用杯子行吧？

…………

為什麼酒史萊姆在這裡？混進我搬來的食物裡嗎？……不用撒嬌我也懂。這是你的份。

呵呵，乾杯～

我愜意了三天。

嗯，應該說人家放過我三天吧。

我的城堡遭到孩子們包圍。

好，投降。交給你們吧。

但是，不要摔下來嘍。千萬不可以受傷。

不過，座布團的孩子們應該會看著就是了……

但是，孩子們好厲害，能用繩子俐落地爬上爬下。

啊……烏爾莎、古拉兒、娜特，穿裙子爬樹不好喔。我做了可以上樹的階梯，妳們走那邊。

另外，來這裡時不可以只有你們這些小孩喔。因為是在森林裡嘛。

這次有哈克蓮一起來所以沒關係就是了。
喂，烏爾莎！那是酒！不行。對妳來說還太早了。回收。
要是喝了酒摔下去怎麼辦？

嗯？阿爾弗雷德，怎麼啦？
想自己做個這樣的小屋？
阿爾弗雷德後面的獸人族男孩們也點點頭。
…………
其實離這裡不遠的地方，有類似的樹。

出乎意料的親子……或者該說男人的交流。

12 派系

這個世上，人一多就會形成派系。
「大樹村」也不例外。

「荷包蛋要兩面都煎，這樣才是極品。」

「煎一面不就好了嗎？看起來很漂亮，而且蛋黃半熟比較好吃吧？」

「我比較喜歡煎蛋卷。」

「村長做的高湯煎蛋卷呢？」

「那要另外算吧？」

真是和平。

在還能用口頭爭論收場的時候。

順帶一提，我是……水煮蛋派。我喜歡灑鹽吃。

不是以前就喜歡，而是在這個村子生活之後才開始。

一開始沒有蛋也沒有鹽。現在有蛋也有鹽。

我感謝著每天日常的理所當然，並且出面阻止即將發展成暴力的爭執。

「三天之內禁止吃蛋。」

村裡為了準備慶典而忙碌起來。

這次同樣交給文官少女組籌備，所以很輕鬆。

不過，我也沒有在玩。我參與了慶典菜色的研究。

在這樣的我眼前，是一堆裝在碗公裡的蛋。雖然禁止吃蛋，不過雞依然會下蛋，所以是理所當然的結果。不能浪費。

總而言之……做成有調味的溏心蛋吧。

首先弄成水煮蛋。放涼之後再泡進用酒、醬油、醋、砂糖、少許水和香草做成的醬汁裡。以上。期待三天後的成品。

可是，把所有的蛋都做成調味溏心蛋好嗎？

今天的份先不管，明天、後天的份也要弄成調味溏心蛋嗎？

…………

我找鬼人族女僕們商量。

「用來做麵包怎麼樣？」

「也能做蛋糕呢。」

「布丁如何？」

原來如此。

那麼，明天、後天的份就用來做麵包、蛋糕和布丁。嗯，這樣就好。

隔天。

蛋的用途導致派系產生。

「麵包。拿來做甜麵包吧。」

「蛋糕最棒。」

「做布丁不就好了嗎？」

…………

第二天、第三天的份也做成調味溏心蛋。

咳咳。

就算是我，也不至於在慶典前只顧著做菜。

陽子找我商量要事。

「關於邀請『五號村』的客人一事……」

我本來考慮大規模邀請，但是周圍的人說不要比較好，所以放棄了。

沒想到所有人都反對。

唉，問題在於邀來的人相對於村民人數實在太多了吧。原本就已經有「一號村」、「二號村」、「三號村」和「四號村」的人要來。

邀請的人數多到無法應對是個錯誤，這點我也有自覺。

但是，該不會他們以為我想邀請「五號村」所有人吧？就算是我，也不至於沒常識到那種地步喔？

主要是畢莉卡和她的弟子、教會的神官與在陽子宅邸工作的人們等相關人士，再來就是兩位前任四天王和「五號村」的村議員，我只有考慮這些人耶。

…………
即使如此大概還是有五百人左右吧。
嗯，不行。
和陽子商量的結果，決定不邀請「五號村」的人。
陽子擔心要是只邀一部分，會產生階級差異。
據說「五號村」已經逐漸形成派系。
那樣沒問題嗎？
「畢竟人多嘛。如果不形成某種程度的派系，反倒會難以統治。而且我也鼓勵這麼做。」
目前「五號村」住了接近兩萬人。
想統治這種村子，需要有人在中間整合。這個中間整合的角色就是派系領袖。
派系似乎是基於工作和居住地區產生的。
「信仰好像也會形成派系。」
「信仰？」
我以為都是歸瑟蕾絲管耶？
「村長絕對派、村長守望派、村長積極派、大樹村派、高等精靈派、多諾邦派……比較明顯的就這些吧。」
「那是什麼玩意兒？」

「絕對派是……認為應該將村長當成龍一樣敬畏的派系。守望派呢，是主張悄悄守望村長的派系。積極派則剛好相反，是希望能夠幫上村長的忙而積極行動的派系。」

……

「大樹村派呢，又稱頂上派。主張崇敬包含村長在內所有『大樹村』關係人士的派系。高等精靈派，主要是以樹王、弓王為首的精靈們；多諾邦派，則是以矮人們為中心。」

「沒有害處嗎？」

「無害。頂多就是私下集會，想來不成問題。」

呃，我倒覺得有問題……笑著說出「如果礙事就滅掉他們」的陽子有點恐怖。

雖然不會招待「五號村」的任何人，但是會告訴知道「大樹村」的人舉行慶典一事，請他們自己決定是否參加。

結果，只有兩位前任四天王參加。

13 很有節慶味道的慶典

慶典的季節到來。

人們從「一號村」、「二號村」、「三號村」、「四號村」、「溫泉地」，再加上「南方迷宮」、「北方迷宮」聚集而來。

來賓有德斯、萊美蓮、德萊姆、魔王、優莉、比傑爾、葛拉茲、藍登、荷、始祖大人和芙修。

還有從「五號村」過來的兩位前任四天王。

儘管人數增加不少，可是見過「五號村」之後，不可思議地會讓人覺得沒什麼大不了。嗯，雖然是錯覺就是了。

現在的參加人數……數不清。

「大概超過八百人。雖然比預定多了點……但是不成問題。」

旁邊的文官少女組之一告訴我。

從「四號村」來的夢魔族好像比往常多。

說到夢魔族，會讓人覺得她們服裝之類的部分對孩子的教育有不良影響，不過她們這回的裝扮是普通村姑的模樣。

好像是葛沃與貝爾事先教導她們，如果要參加慶典就該看場合換適宜的服裝。

衣服則是找戈隆商會採購二手貨。

不過，那種普通衣服藏不住的性感……該怎麼辦？像是胸部和屁股……一看向她們，就有人站到我前面遮住視線。

是安。笑臉好恐怖。

雖然沒打算做什麼壞事，不過該道歉還是要道歉。

「抱歉。呃……時間差不多了吧？」

「……看來是。請就定位。」

我示意了解，移動到事前講好的地點。

在我旁邊，還有數名文官少女。

文官少女組之一走上略高的舞臺做開場白。

說明各種注意事項之後，接著輪到我出場。

我身上不是往常的裝扮，而是座布團做的新衣服。

人家都說了是為今天而做，那就沒辦法選擇不穿了。

近似白西裝的衣服上，處處飾有金色與紅色的線條。背上是外白內紅的披風，頭上是金色王冠。不知該說這身裝扮超級顯眼，還是該有另外的評價。

然後，大概因為是慶典款式吧，我手裡還有根旗桿。當然，旗桿上有旗幟。旗子上頭有華麗的大樹刺繡。

感覺自己就像以視覺方面為重點的樂團主唱。不，應該說是應援團的團長？如果是這樣，把王冠換成帽子比較好吧？無論如何，這副裝扮實在太突出了對吧？

居民們看見我的身影，就像在肯定我的困惑一般，紛紛默不作聲。

啊……趕快結束吧。

「那麼，今年的慶典開始！大家注意不要受傷！」

我的宣言得到了盛大的歡呼聲回應。

謝謝你們。大家真有幹勁啊。嚇了我一跳喔。

今年的慶典分成三組。

每一組的內容都不一樣。

第一組是小孩組。

內容是障礙賽跑。

除了平衡木、跳箱、爬坡、低絆網等一般障礙，還有動腦的拼圖與猜謎，面對觀眾模仿、讓大家猜等，設置了各種障礙。

概念是讓大家同樂。

不過輸贏也很重要，所以安排時會讓參賽選手們在體力與頭腦上，能夠做到某種程度的互相抗衡。

半人馬的孩子全方位地強。

原本以為低絆網匍匐前進對他們來說很困難，卻意外地順利。

模仿題目是抽籤決定，所以得看運氣。
雖然負責猜的人是誰都可以，不過大多是雙親或同族的人站到回答區。
然後掀起一陣爆笑與混亂的漩渦。
蜥蜴人的孩子啊，模仿雞有那麼難嗎？
對於哈比族的孩子來說，模仿獅子會不會太嚴苛了？
「我討厭爸爸！」
因為父親看不懂在模仿什麼，所以孩子生氣了。
雖然我懂你的心情，但是別說那種話。
爸爸在哭喔。
咦？要我去回答區？
在跑的……是阿爾弗雷德那一組啊？
很、很好，來吧！
讓大家看看什麼叫父子同心！
…………
阿爾弗雷德的眼神好冷漠。
呃，大概是因為我雖然答出正解，但是錯了差不多有五次吧。

因為在我旁邊的蒂雅，一次就猜中蒂潔爾模仿什麼……抱歉。

還有，土人偶厄斯抱著膝蓋在做什……啊～因為看不懂烏爾莎的模仿，途中被迫和哈克蓮換手而沮喪是吧。

不不不，我覺得你已經很努力嘍。

第二組是大人組。

內容是接力賽。

沒有障礙物，以普通的賽跑定勝負。

隊伍可以自行決定，所以大多數都是同村或同族一起參賽。

當然，種族差異非常大，不過這部分則是由參賽者彼此協調。

因為腳程比較快的隊伍，會想和腳程快的隊伍相互較量。贏了是理所當然的競爭，比了也等於沒意義吧。

參賽隊伍經過一番商量，決定了賽程。

接力賽中交棒很重要，但也有些種族拿不了接力棒。

小黑的子孫和哈比族。

於是他們可以不用接力棒，擊掌也行。

不過，規定小黑的子孫們要用前腳互碰，哈比族則要用翅膀互碰。

比賽十分熱烈。

半人牛族和巨人族的賽跑雖然慢，卻很壯觀。

半人馬族、小黑的子孫們，以及臨時參加的馬隊，則是競爭激烈。

贏家是半人馬族隊。

小黑的子孫們用前腳碰前腳而拖慢速度的情況很多。

馬隊背上載著座布團的孩子拿接力棒，接棒時則是座布團的孩子帶著接力棒移動過去。

只不過，途中多少有些不利，最後還是飲恨落敗。

如果是腳程快速的母獨角獸參加大概能贏得比賽；但是牠懷孕了，所以沒參賽。嗯，當然。就算牠想參加也不行。

只要有意願，要出場幾次都可以。規則雖然禁止連續跑兩棒以上，但是同一場比賽要跑好幾棒也行，所以出現了各式各樣的隊伍互相較量。

要說引人注目的，就是魔王、比傑爾、葛拉茲、藍登與荷這五人分別找隊員較量的那一場比賽。

各種族最多一人，本人也要參加，組成八人隊伍。

我也參加了魔王隊。其他隊伍的噓聲超嚴重。

呃，我的腳程沒那麼快啦……
不是因為腳程快，而是因為有我在容易找其他人加入？原來如此。
魔王隊的地獄狼是……烏諾。幹勁十足呢。
座布團的孩子和半人馬族似乎也跑得很快。
還有基拉爾。
奇怪？喔，遲到了是吧。
古拉兒的模仿……啊～沒看到對吧。很可愛喔。
然後呢，基拉爾的腳程……很快。原來如此。
魔王一副勝券在握的樣子，希望我別扯後腿才好……嗚嗚，壓力好大。

結果，比傑爾的隊伍第一，魔王隊第三。
扯後腿的不止我一個，還有魔王。
「我擅長瞬間移動短距離，但是跑不長不短的距離就有點……」
而且，其他隊伍都是毫不客氣地想拿下勝利嘛。
哎呀，只要開心就沒問題。

第三組是自由參加。

內容是盆舞。

沒有輸贏，是普通的盆舞。

出自我的提議。說明時費了不少力氣。

「圍成一圈跳舞嗎？不是在原地轉圈？」

「所有人都跳同樣的舞步嗎？」

「伴奏以太鼓和敲擊樂器為主……是嗎？」

用口頭說明很難講清楚，我在圓圈中間立起高臺，實際跳一次讓大家明白。

現在「大樹村」的居民對於盆舞已經有某種程度的了解。

總而言之，首先要示範給別人看，所以由「大樹村」的居民開始。

所有參加者一同起舞的景象真美。

不過，原本預定高臺上頭要擊鼓，不知為何變成我站在上面。為什麼呢？

也罷，人家說這樣會比較順利，我也就沒辦法反對了。

因為是我勉強大家跳盆舞的嘛。加油吧。

音樂雖然有點獨特，但我不會挑剔。

儘管和我所想的盆舞有點不同，不過我很滿足。

太陽下山了。

盆舞只要有人參加，就會徹夜進行。

所以，一如往常的慶典後宴會也開始了。

注意別跳到倒下，也要適度休息喔。伴奏的人也要記得輪流。

對，那裡，孩子們要參加，讓個空間給他們。

仔細一看，喝了酒、有點醉意似乎比較容易參加。起初婉拒的人也開始加入了。畢竟舞步並不怎麼難嘛。

圍住高臺的圓圈變成三層。

嗯~魔王的舞很顯眼呢。德斯、基拉爾與死靈騎士也是。都是不管舞步的隨便亂跳……沒問題。

可能是看見他們這麼跳吧，小黑的子孫和座布團的孩子也聚集起來，開始形成第四層圓圈。

你們也來參加啊？

小黑的子孫們……真是特別的舞蹈呢。中間還有跳躍啊？完全沒問題喔。重點不是跳得好不好，心情比較重要。

哦哦，座布團的孩子們也跳起獨特的舞。哈哈哈，很可愛喔。

話說回來，我什麼時候才能從這個高臺下去啊？

閒話 文官

我的名字叫霍科洛斯，在某個領地以文官的身分工作。

某一天，我被領主大人派往「五號村」。

出差嗎？

不對。我似乎是被賣掉了。

真過分，我明明一直為了領主大人拚命工作！這種待遇太殘忍了！

…………

哼哼哼哼哈哈哈哈哈哈哈哈！

以為我會乖乖讓人家賣掉嗎！

我要抵抗！對，澈底抗戰！然後向賣掉我的領主大人……不對，是向賣掉我的領主復仇！

來吧，第一個是誰！

「五號村」的代理村長？陽子？是沒聽過的名字呢！去死吧！

我的新主人確定了。

陽子大人。非常美麗，並且強大。

而且這樣還叫做狀況不佳，真是令人驚訝。不可以違逆她呢。哈哈哈。非常抱歉，請饒了我。

雖然因為治傷而有大約三天動彈不得，我還是健康地回歸職場了。

我在陽子大人的帶領下前往某間房屋。

是間相當氣派的房子呢。這裡是哪位的住處呀？

……咦？我家嗎？看起來像是新蓋的耶？謝、謝謝您。

還有，這個裝滿銀幣的袋子是？搬家費？家具之類的已經擺在屋裡了耶？生活費？呃……感謝您的體貼。

令人難以置信的待遇。

也就是雖然我認輸了，不過實力得到認可？……看來不是。應該是提前支付我日後工作的酬勞吧。

和我一樣被賣掉的各地文官，齊聚在陽子大人面前。

大家都做同樣的工作，所以也有幾個熟面孔。

…………

那個，我的前主子領主大人？您為什麼會在這裡？出差嗎？不是？

看樣子，領主大人也搬來這個「五號村」了。

呃，領地不要緊嗎？還有，不是我自誇，沒有我和領主大人在，領地經營不是會面臨危機嗎？

您說因為領地已經交給公子，所以辛苦的人是他？

……知道了，我不會再多問。

唉呀，陽子大人給我們命令了。

請交給在下，無論是多麼胡來的命令，在下都會扛起來。

我接到的第一個命令，是用功讀書。

要我努力學習，當個稱職的「五號村」文官。

老實說，我有點不爽。

好歹我也是長年從事文官工作的人，自認是即戰力。

我一用「事到如今根本沒什麼好學的」反駁，陽子大人便擺出架勢，於是我道歉了。非常抱歉。

儘管不滿，我依舊乖乖用功。

值得慶幸的是，陽子大人安排了教師。

對方是一位我原本沒資格攀談的大貴族千金……但我沒有放在心上，虛心向她求教。

然後我學到了。

所謂文官的工作，不是只有痛扁對方逼他聽話而已。

在這之前我一直都是這麼做，所以不曾感到疑問；但我現在已經明白，文官是一份運用文字與數字的工作。

是，我以後不會二話不說就揍人。

想讓對方接受要求時，也不會再擺出高壓態度。

用吼的也不行對吧。我了解了。

順帶一提，我並不是因為由大貴族的千金擔任教師而乖乖聽話，只是被擔任她護衛的獸人族男子與蜥蜴人男子扁了一頓才服從。

下次我會贏。

我的課程大約三十天就結束了。

雖然陽子大人感覺想讓我多學一點，但是「五號村」的狀況好像不允許。

嗯，一看就知道。好誇張的人數。這些人全都會成為「五號村」的村民嗎？

然後，要由我們文官負責管理……

我有點頭暈。

不過，就幹吧。

經過一番用功後強化的我，正是展現力量的時候！

是的，馬上就出問題了。

做不到。

文官的人數連二十位都不到，要管理近萬名村民根本不可能。

而且，馬上就要超過一萬人了對吧？陽子大人，請認清現實！

這種情況只是增加幾個幫忙的人手根本應付不了！

不，我可是拚了命地努力喔。

然而，這世界上有種東西，叫做物理上的不可能。

只靠毅力沒辦法改變數字。

我從頭學起之後明白了這一點。

文件、文件、文件……

貴重的紙張大量消耗。

文件、文件、文件、文件、文件、文件、文件……

是誰！是誰不管格式亂寫的！給我出來！我要揍你一頓！

文件、文件、文件、文件……

計算也錯了！喂，不要給我增加麻煩！我要揍你一頓！

這份工作沒有一刻得閒。

每天都得努力幹活。

但是，陽子大人嚴禁我們熬夜。

她交代我們要好好吃飯，晚上要睡飽。

其實這道命令好像不是出自陽子大人，而是那位未曾謀面的村長。

就是說嘛，陽子大人是代理村長，所以應該有正式的村長才對。

我都忘了這點。

雖然必須去問候對方才行……不過工作優先對吧。

了解。

陽子大人已經說了，遲早會為我們介紹，就期待那一大的到來吧。

好啦，今天也要工作。

文件們啊，放馬過來吧！

我是「戈恩森林聚落」的精靈。

我和四位同伴一起來到「五號村」。

…………

名稱詐欺。這裡不是村子是城鎮吧？居民好多。我可不想來這種地方找碴。

然而，我們的隊長沒有轉換初期方針，以強硬的態度交涉。

我們的交涉對象是代理村長，似乎讓隊長不太高興。

畢竟隊長是我們樹王的兒子嘛。大概是認為村長本人沒出面，等於人家看不起我們吧。

雖然明白他的心情，但我覺得必須承認：拿「戈恩森林聚落」和「五號村」相比，「五號村」的實力壓倒性地強大。

人數就是力量。

畢竟如果一百人裡有一個強者，那麼千人的村子裡就會有十個強者。

隊長的交涉方法失敗了。

變成老實地請求對方協助。

我們的目的是討伐固龜。

只靠我們並非做不到，可是應該會有不少人受傷。我們想避免這種事。

於是，答應請求的「五號村」派出五十人部隊，由我們帶路前往。

固龜簡單地收拾掉了，也沒有人受傷。真是幸運。

包含隊長在內的三位同伴，回「戈恩森林聚落」聯絡。

剩下的我和另一人，與「五號村」部隊共同行動。

「五號村」的部隊似乎要清理這一帶的魔物與魔獸。

以他們的實力，要對付魔物和魔獸應該不成問題吧。

問題……或者說令人不安之處在於：這裡距離「加雷茨森林聚落」很近，而且他們和「戈恩森林聚落」不怎麼友好……老實說，雙方正在交戰。

要是不小心靠近「加雷茨森林聚落」，我們兩個在這裡會導致開戰。

非得小心不可。

就在我這麼想的時候，我們已經遭到攻擊。

襲擊者果然是「加雷茨森林聚落」的精靈。

這群該死的笨蛋。

我和另外一名同伴以自己的身體當盾牌，承受精靈的攻擊。

雖然我不在乎「加雷茨森林聚落」會怎麼樣，但是精靈和「五號村」的關係惡化可就不妙了。

就算有什麼萬一導致事情演變成現在這樣，我也希望他們能將「戈恩森林聚落」看成「五號村」的友軍。

所以，我才挺身承受攻擊……然後失去了意識。

當我清醒時，周圍已經戰成一團。

戰局似乎相當激烈……情況怎麼樣了？

我的同伴……還沒醒來。

「五號村」的部隊……情緒亢奮。

……咦？

我還以為是遭到壓倒性多數包圍的防衛戰，結果大家情緒亢奮？

記得那位是畢莉卡大人？

帶著弟子們殺進敵陣沒問題，可是為什麼面帶笑容？好恐怖。

達尬大人，敵人是「加雷茨森林聚落」的精靈，畢莉卡大人是友軍。用「怎麼能輸給畢莉卡大人」鼓舞各位冒險者是怎樣？

格魯夫大人，別放棄指揮。你一個人殺進敵陣也……啊，「加雷茨森林聚落」的精靈們四處逃竄。好厲害。

呃……雖然是防衛戰，可是感覺大家進攻的意願太強烈了點。

不過，既然是友軍就可靠無比。加油！

這麼想的我，再度因為傷口的痛楚而昏了過去。

不知不覺間，敵軍裡有了「戈恩森林聚落」的精靈。

這是怎麼回事？怪了？什麼時候變成敵人的？友軍在這裡喔～！

格魯夫大人、達尬大人、畢莉卡大人，那是友軍，是友軍喔～！

不對？他們朝我們發動攻擊？怎麼會？我明明在這裡啊。

咦？要無視敵軍直接奇襲精靈聚落？哪一邊的？兩邊都要？呃，路我是知道……要我帶路？

我的身體只有一個，只能帶你們去一邊。

這種時候就該帶大家去「加雷茨森林聚落」……哦哦，我的同伴不知道什麼時候已經醒來了！

唔，就來決定誰帶哪邊的路吧！

於是我負責帶路到「戈恩森林聚落」。

這麼一來我就成了叛徒。

不，應該是同胞先背叛我的。

更何況，由我帶路應該能夠阻止暴行發生才對。換句話說，這不是背叛，而是安全地出賣同胞……

不行！我騙不了自己！

唉，煩惱也沒用。

我愈是賣力，愈能為家鄉博取同情！一定可以！要相信是這樣！

「達尬大人，糧倉在那裡！武器庫在這裡！水源在那裡和那裡！啊，那棟屋子的地下有密室！他們應該沒空逃往避難所，想必躲在那裡。那一家人說話很有分量，抓住他們吧！啊，這一帶要小心樹上。那是狙擊手埋伏的位置。」

「戈恩森林聚落」向「五號村」投降。

向達尬大人投降的聚落領袖樹王大人瞪著我，我只能努力避免和他對上眼。

錯不在我。

樹王大人前往「五號村」，「戈恩森林聚落」就此服從「五號村」。

樹王大人也搬到了「五號村」，但是我這種身分低微的人生活沒有改變。

和往常一樣。

正當我這麼想時，就被「五號村」叫過去了。

達尬大人向上級報告時似乎對我十分讚賞，所以我好像可以領到獎賞。

雖然很感謝，不過請容我拒絕。

我只是想保護家鄉而已，並不是為了私慾行動。

只要「戈恩森林聚落」能維持原狀就夠了。

還有，請別在樹王大人面前談及進攻精靈聚落的話題，會讓我胃痛。

這麼告訴對方之後，我成了「戈恩森林聚落」的聚落領袖代理人。

…………

因為樹王大人搬到「五號村」所以需要代理人，這點我懂……那個，樹王大人的兒子呢？

傷勢嚴重還沒辦法活動？這樣啊。

呃，那麼我就代理到他恢復……是的，我並不渴望權力。麻煩了。

我明明都這麼說了，結果樹王大人的兒子養好傷之後，還是由我擔任代理人。

這是怎麼回事？

大家認為應當遵從「五號村」的指示？

或許是這樣沒錯，可是……還有，為什麼樹王大人的女兒要嫁給我？

呃，我的確還是單身。但是那個凶暴精靈……失禮了。樹王大人的千金和我門不當戶不對吧！

樹王大人……樹王大人您反對吧？她是您的愛女吧？啊，那什麼邪惡的笑容！

你打算把那個凶暴精靈塞給我是吧！復仇嗎！這是復仇嗎！我道歉，求求你饒了我！

我今後的人生究竟會怎麼樣呢？

異世界悠閒農家

Farming life in another world.

Final chapter

Presented by
Kinosuke Naito
Illustration by
Yasumo

〔終章〕

「五號村」的產業發展計畫

01 02 03 04 05 06 07 08 09 10

01.鐵之森林　02.沒怎麼使用的道路　03.超強魔物棲息的森林　04.加雷茨森林
05.強大魔物棲息的森林　06.戈恩森林　07.五號村　08.夏沙多市鎮
09.魔王國的主要街道　10.相對安全的平原

最先來到村裡的貓、寶石貓珠兒，以及兩隻貓的孩子米兒、拉兒、烏兒與加兒。

目前我家有六隻貓。

這六隻貓的活動範圍大得實在無法想像是貓。

不止屋裡和庭院，牠們的腳步北至果園區，南至居住區的旅舍周邊，東至牧場區，西至居住區的澡堂都是牠們移動的區域。

不過，珠兒基本上很少離開屋裡，出門頂多就是去接小貓們。

最早來村裡的貓和珠兒……行動模式大致上固定，可以靠時間和氣溫找出牠們在哪裡。

問題在於四隻小貓。

雖說是小貓，不過牠們出生已經過了一年，體型和成年的貓沒兩樣。

牠們善用已經成長的身軀，大概可以算得上神出鬼沒。有時令人搞不懂，為什麼牠們會出現在這種地方。

像是澡堂的浴池邊緣、旅舍屋頂上，甚至會坐在牧場區的牛背上。

讓人擔心牠們會不會被牛踩傷。

那麼，說到這四隻小貓呢。

平常很乖巧。

就算要鬧也不會在屋裡鬧。不是因為我，我想重點大概是有安在吧。

就算不聽我的話，也會聽安的話。有時我叫了也不理，但是安一叫就會回應。

我想大概是明白平常由誰餵牠們吧。在小貓們的認知裡，或許安的地位比我還要高。對於這點我沒意見。

這四隻絕對不會在安的房間胡鬧。嗯，很聰明。

牠們胡鬧的地方，是因為慶典而沒人在的我房間。

幸好，還有幾隻座布團的孩子留下來戒備，所以損害不大。頂多就是墊子變得破破爛爛而已。

我回到房間時，四隻小貓已經被絲線綁住難以動彈，發出難為情的叫聲求救。該怎麼辦呢？

……………

總而言之，先誇獎幫忙保護房間的座布團孩子們吧。

釋放四隻小貓後，米兒因為「為什麼不早點來救我們」而對我生氣。

拉兒在沮喪地反省過後對我撒嬌。

烏兒若無其事地跑到我的床正中央躺下。

加兒則是繼續攻擊變得破破爛爛的墊子。
攻擊得還不夠嗎？不過，該住手啦。

雖然忙著慶典沒空陪妳們的我也有錯，但妳們還是可以稍微乖巧一點吧？
順帶一提，這些小貓……
完全不靠近孩子們的房間，也不會去撒嬌。
想來不是怕孩子們，而是怕母親們吧。的確，要是真的惹火她們會很可怕。
加兒，不要因為我拿走墊子就攻擊我好嗎？
米兒，我知道妳在生氣，但是拜託別在我頭上用爪子抓我。
啊……我是不是也稍微生氣一下比較好啊？
我一這麼想，加兒就停止攻擊我，米兒也不再用爪子抓了。
貓的觀察力真是不簡單。

或許我太寵牠們了，但我還是努力想排解貓的壓力。
首先，把磨爪板換新的吧。
不是軟硬適中的木頭似乎就不行，小貓們不會拿屋裡的柱子磨爪。
小貓們中意的，是從「五號村」進的木片。

我將木片切割成適當大小後，固定在事先決定的位置；不過它現在已經破爛到看不出原本的樣子。把它換成新的。

雖然牠們沒有立刻使用，不過幾天後應該就會變得傷痕累累吧。

接著是清掃小貓們的廁所。

小貓們的廁所沒有用到史萊姆，只是一般鋪上沙子的那種。

清掃廁所就是將那些沙連同排泄物一起扔掉，然後補充新沙子。還有，廁所周邊會被散落的沙子弄髒，也需要一併清理。

平常都是鬼人族女僕負責，不過大概是慶典結束後太累。今天就交給我吧。

貓的廁所有三處，都是寶石貓珠兒和小貓們共用。我會加油。

題外話，最早來村裡的貓，則是靈巧地在我用的廁所解決。

上完之後還會記得洗手。真聰明。

那麼，接下來是……洗澡。

四隻小貓釋放拒絕的信號。最早來村裡的貓倒是會老實地去洗。

那麼就梳毛。

我找加特做了個梳貓毛的鐵刷。

大概是第一次見到所以有所提防吧？放心。刷毛的頭是圓的。

好啦～從誰開始呢？

…………原本排排站的四隻小貓有三隻往後退，剩下烏兒。

好，從烏兒開始。放心吧，每個都會梳到。

我和小貓們玩了一天。

畢竟慶典過後的興奮還在，會不會太過火啦？

四隻小貓都疲倦地睡著了。

目前，我正在幫來接小貓的寶石貓珠兒梳毛。看來這個鐵刷很成功。

拜託加特再做幾支吧。此外，還要做小黑牠們用的鐵刷。

小黑的子孫們從剛才就羨慕地看著我手邊一臉舒服樣的寶石貓珠兒。

幫珠兒梳完之後，就輪到你們摸摸啦。

正當我這麼想的時候，座布團的孩子從天花板垂降下來。呃，要摸你們有點困難吧……？大受打擊的姿勢表演得真好呢。哭倒在地的也是。抱歉啦。

看來我太寵那些只會惡作劇的小貓們了。要摸雖然有困難，不過晚點會陪你們玩啦。

哎呀，小黑的子孫們對「玩」這個字有反應。而且，牠們露出期待的眼神。

…………

我知道了，玩就等明天吧。
今天只有摸摸。
啊啊，珠兒，別生氣。抱歉我不該停手。現在是妳優先。
嗯？在門那邊看著我的，該不會是阿爾弗雷德吧？蒂潔爾也在。而且露出欲言又止的眼神。
…………
當然，你們才是最優先的喔。
幸好在慶典之前就耕完田了。
時間充足。
加油吧我。

閒話 「五號村」的酒事

我是個在「五號村」經營酒館的男人。
我的名字不重要。不是討論這個的時候。
現在，我面臨危機。
原因在於不久前舉行的五號村祭。活動期間出現了來歷不明的美酒。

非常好喝。

這種美酒好喝到會讓人覺得之前喝過的酒都是泥水，而且是以便宜的價格招待大家。

當時我沒有多想，同樣沉醉在美酒之中。

酒醒時，慶典已經結束了。

在嘗過那種酒的人面前，只剩下有如泥水的酒。

「不，這種酒也夠好喝了。不久之前，它不是還讓我心滿意足嗎！」

我的呼喊空虛地在空蕩蕩的酒館裡迴蕩。

…………不行。這樣下去就糟了。

要說有什麼問題，就是我沒辦法連自己都騙。誠實面對自己吧。

我想喝那種酒。

在「五號村」批發酒類的商會，我不分大小全找過了。

然而，沒有一家販售那種酒。

似乎連商會也在找貨源。

唯一有線索的是戈隆商會。

雖然「五號村」分店沒有賣，不過「夏沙多市鎮」的總店似乎有賣。

只是目前已經賣到缺貨，什麼時候會進貨好像還不清楚。

要放棄嗎？不，我不放棄。沒辦法放棄。我需要那種酒。

怎麼辦？

跑一趟「夏沙多市鎮」的戈隆商會總店，請他們透露貨源……不可能告訴我吧。

從商會的角度來看，把貨源向顧客公開沒有半點好處。反倒是壞處非常大。

啊啊，該怎麼辦才好。

如果人家要我下跪磕頭，我磕多少次都可以。還是說我應該把店收掉，加入戈隆商會？

嗯唔唔，真頭痛。

就在我煩惱時，「五號村」的代理村長陽子大人貼出公告。

內容寫著會以低價將慶典時販賣的酒批給我們一些。

哦哦，不愧是陽子大人！

能夠實現居民願望的偉人！

「五號村」所在的小山山頂。

這裡的操場就是採購美酒的會場，人山人海。

咦？怎麼啦？我知道其他店家八成也想要，但是賣酒的店家有這麼多嗎？

…………不對。

在這裡的不止店家老闆，還有一般居民。

這麼說來，那篇公告雖然有寫出購買量的限制，卻沒提過會限制買家的身分。

陽子大人不小心出錯了嗎？不，不是。

「批發業者請往西側，零售業者請往中央，其他人請往東側集中。」

原來如此，從一開始就把一般人也納入對象啊？

而且，批發、零售與一般飲用，需要的量不一樣。

這部分也考慮進去了嗎？

雖然有「如果是這樣，希望不要賣給一般顧客」的念頭，考慮到還有批發商之後，實在沒得抱怨。

我是零售業，所以往中央走。

工作人員向聚集到中央的零售業者解說酒的管理方式，以及如何運用這些酒。

管理方式和一般的酒一樣並不難，要怎麼賣也屬於個人自由。

不過，他們建議儘量不要正常販售，而是當成獎品之類的處理。

我原本還在想為什麼，不過馬上就明白了。

因為賣給我們的量很少。

我想，堆在解說人員背後的酒桶，裝的就是那種酒吧。

不過，如果平均分給在場的零售業者，每人連一桶都分不到。

以那個量來說，確實拿去正常販賣應該馬上就沒了。

令人驚訝的是價格。

標價是慶典時的三百倍。這點實在不能不抱怨。

「不是說要便宜批給我們嗎！」

「上面寫了低價喔！」

這是其他零售業者的聲音。

我原本也想跟進，不過陽子大人來了，所以保持沉默。

「你們啊。既然來到這裡，那麼就代表在慶典時嘗過了吧？那種酒賣這個價格算貴嗎？我覺得很便宜呀？」

她這麼一說，可就尷尬了。

的確，那種酒是極品。就算賣慶典時的三百倍價也顯得便宜。

「慶典時不過是村長體恤大家才特別便宜賣。這次的這些酒，也是村長想盡辦法準備的。如果有意見，可以離開這裡。」

沒有人離開。

我得到酒了。

雖然花了不少錢，不過光是有這種酒在手邊，就能讓人安心。

遵照人家的建議，在活動時當成獎品吧。

不過，改以酒館的角度思考時，就會想到沒有能正常販賣的酒。

現在有的酒並不受歡迎。如果把慶典的酒魅力當成十，現在的酒連一都不到。我希望至少能弄到魅力有一至三的酒。

這點雖然是個大問題，不過陽子大人又替我們解決了。

「我們另外準備了一批酒，味道雖然沒有慶典的酒那麼好，但是還算過得去。允許試喝。想試喝的人就找工作人員報名。」

還算過得去的酒。

原來如此，味道還算過得去。

但是，好喝到以前那些酒完全沒得比。

把以前那些酒拿去做菜吧。

同一時間。

東側展開壯烈的抽籤大戰。

因為工作人員判斷，沒辦法賣給聚集在此地的所有人。

只有抽籤抽中的人，能夠當場喝到一小杯。而且免費。

慘叫與歡聲響起。

在西側，批發業者開始競標。
每次以一桶為單位，喊到非常誇張的價格。
啊～戈隆商會真強。
簡直就像拿裝了銀幣的袋子揍人呢。
可是，喊到那種價格，以零售業來說實在很難進貨。
大概是要賣到外面的吧。
哦，好幾家批發業者聯手，用高價標下來了。真厲害呢。
不過，那種價格我的店買不起。沒問題嗎？啊，是自己喝的啊。
看他們笑得合不攏嘴，應該沒問題吧。

另一方面……
我是個在「五號村」經營餐館的男人。
我的名字不重要。眼前的危機已經大到這種地步了。
原因很清楚，就是五號村祭。
活動時招待大家的料理太好吃了。

2 「五號村」的產業發展計畫　第一彈

我參加了在「五號村」陽子宅邸舉行的非公開會議。

成員除了我以外，還有「五號村」代理村長陽子、長老矮人多諾邦、高等精靈莉亞、獸人族加特、兩名文官少女，以及「五號村」的首席文官洛克。

另外，再加上兩位前任四天王、精靈族的樹王和弓王、麥可先生、麥可先生的兒子馬龍，以及現任四天王比傑爾，總共十五人進行會議。

議題為「五號村」的產業發展計畫相關事宜。

計畫一開始只靠我、陽子，加上文官少女組推動，但是我們在許多方面欠缺情報。特別是現場的意見很曖昧，令人感到困擾。

我們認為紙上談兵很難下指示，增加關係人士之後，結果就是現在這樣。

每次開會時麥可先生、馬龍與比傑爾都會到場，只能說感激不盡。

圍繞著大圓桌的會議開始了。

由文官少女組之一擔任司儀，進行討論。

「從以前就在擔心的酒類問題，已經找到解決方向了。這一切都是仰仗麥可先生的戈隆商會協助，謝謝您。」

「哪裡，這事對我們來說也有賺頭，請別在意。」

麥可先生喝著茶客氣地回應。

所謂酒類問題，就是「五號村」該如何處理「大樹村」釀造的酒。

雖然我希望只要是在我管理下的村子，都能和其他村子一樣自由飲用，然而人數實在太多了。

還有，「大樹村」的居民，以及「一號村」、「二號村」、「三號村」與「四號村」的人，都有「將『五號村』分開處理可能比較好」的意見和傾向。

從個人角度來說或許顯得不負責任，但是分開處理比較好辦。

嗯，要我扛起接近兩萬人的村子我也會頭痛。幸好有陽子在。

離題了。

在決定「五號村」怎麼處理酒之前，先定下了「大樹村」釀造酒的等級。

葡萄酒、蒸餾酒、水果酒、米酒、啤酒……

現在，有各式各樣的酒在多諾邦的管理之下釀造。

即使是同類型的酒，也可能在完成度上有明顯差異，或是原料比例不同等，不能全部混為一談。

所以我希望將酒按照類別訂立等級。

「按照好喝程度來分不就行了嗎？」

對於多諾邦的疑問，我搖搖頭。

「那是以後的事。我希望先從入手的難易度……生產率訂出大致上的等級。」

生產性分為高、普通與低三個階段。

如果標示為「一等」、「二等」與「三等」，或許會有人誤以為一等比較好喝，所以稱為「山」、「森」與「木」。

「山」代表生產率高，「森」是普通，「木」是生產率低。

「原來如此。」

我打算日後再細分，目前先這樣就好。

「對了，不需要把所有的酒都訂出等級。只要販賣用的酒有就好。」

「了解。」

就這樣，販賣用的酒加上了等級。

回到「五號村」的酒類處理問題。

現在傾向在「五號村」賣酒。

問題在於價格。

目前有簽訂買賣契約的只有麥可先生和比傑爾。

以賣給他們的價格在「五號村」販賣，恐怕也沒多少人買得起吧。

那麼降價呢？向麥可先生和比傑爾提議後，兩人表示很為難。

他們表示，向「大樹村」採購的酒主要是用來餽贈貴族，不太希望價值下滑。此後，兩人也開始參加會議。

兩人的主張，是不要讓酒的價值下滑。

在「五號村」低價販賣無妨，但是「五號村」進貨的業者賣到別處就尷尬了。

我原本以為，兩人的意思是競爭對手增加導致價值下滑，然而並非如此。

「一定會有人把酒拿去摻別的東西，讓品質變差。」

「要是有人喝了摻東西的酒，以為酒的味道只有那點程度，可就不好了呢。」

原來如此，摻水嗎？

不過，這種事無論如何都沒辦法避免吧？

商人會希望盡可能多賣點錢，在量上面動手腳就是第一步。

能預防嗎？

對於我的疑問，陽子給了回答。

「由我們先摻東西進去，再換個名字賣就好。」

這個提議讓我恍然大悟，但是多諾邦的臉色不太好看。

陽子更正說：

「摻東西這個說法不好。是把酒和酒混在一起。」

「唔。」

「這不是什麼值得驚訝的方法吧？為了統一酒的味道，各村將釀出來的酒混在一起是一般手法。」

我疑惑地看向麥可先生，他點點頭。比傑爾也點頭同意。

由於採用這種方法，所以付錢給釀酒村不是看酒的優劣，而是看產量。據說這是普遍狀況。

原來如此。

在「大樹村」以外的地方，釀酒都得不到這麼好的評價，是因為這樣啊？

如果釀得好喝也得不到好評，沒人會努力。

在「大樹村」以外說到好酒，不是自家釀的，就是統治釀酒領地的貴族特意保留下來不拿去和其他酒混的。

「即使和這些相比，『大樹村』釀的酒依舊好喝過頭。原來如此。陽子大人的提議，就是將『大樹村』的酒和『魔王國』流通的酒混在一起對吧。」

「量也會增加，不壞吧？」

「慢著！」

對於陽子的提議，多諾邦明確地表示反對。

「把好喝的酒和好喝的酒混在一起沒關係。把難喝的酒和難喝的酒混在一起也沒關係。但是，把好喝的酒和難喝的酒混在一起就不行。」

「那麼，要怎麼辦？」

「拿都是『大樹村』釀的酒來混。由老夫管理。」

結論如上。

這是早春發生的事。

以「山」等級的酒為主，混合出了「五號村酒」和「五號村酒改」。

兩種都是葡萄酒。

從「大樹村」的作物來考慮，自然會變成這樣。

之所以有兩種，則是因為生產率和味道讓多諾邦難以判斷。

「五號村酒」生產率高，味道差了點。

「五號村酒改」生產率普通，味道也普通。

雖然他說味道差了點、普通，但是麥可先生與比傑爾都覺得味道沒問題。

這些酒將在「五號村」廉價販售。

「只要夠多人認識酒的味道，應該能在某種程度上避免又拿去混吧。」

這是多諾邦的提議。

我原本打算免費發放，但是把酒拿去免費發會被全部喝光，所以人家建議我改為收費。

「也會妨礙其他賣酒店家的生意。」

原來如此。

一小杯收取一枚中銅幣，發放量也設下某種程度的限制。

賣的是「五號村酒改」。

這是解決「五號村」酒類問題的第一步。

第二步，慶典過後大概會出現尋求「五號村酒改」的人，所以要開始將酒賣給這些人。

「五號村酒改」少量販售。

同時，也販售「五號村酒」。

酒類在「五號村」的流通量就這麼決定，這麼一來應該能大致搞定。

反正，除了「五號村酒」和「五號村酒改」之外也有從其他地方進貨的酒，我想不至於因為缺酒導致不滿聲浪出現。

此時，在麥可先生的提議下，我們加入了一個小把戲。

販售給業者採用競標的方式。

而且，麥可先生的戈隆商會，會將價格抬到一定程度後標下。

我原本還想是怎麼回事，換句話說，這個小把戲就是將戈隆商會出的價格當成酒價標準。

只要其他人出更高的價格競標，戈隆商會就抽手。

就是這樣的約定。

儘管我懷疑這可能算是作弊，不過這麼做似乎是常態。嗯，畢竟只要參加競標的所有人協調好，就能用最低價把東西買下嘛。

畢竟這方面的法律還沒修訂完善，也是無可奈何啊。嗯……

如果事情到此結束，就變成只是在銷售「大樹村」的酒了。

還有第三步。

那就是在「五號村」釀酒。

釀酒資金，就是販賣「五號村酒」與「五號村酒改」的收入。

以「五號村酒」和「五號村酒改」讓人們知曉酒的滋味，並鼓勵在「五號村」釀酒。

一方面來說，也是因為有這部分，多諾邦才願意協助。

將來要將「大樹村」的酒和「五號村」的酒混合，創造「真・五號村酒」。

畢竟只靠「五號村」的產量，日後大概會出問題嘛。

不過，第三步是將來的事。

總而言之，到第二步為止都進行得很順利。

閒話　北側會

我的名字叫羅卡波。

在檯面下管理「五號村」北側的人。

「五號村」是個等於將小山直接打造為城鎮……不，打造為村子的地方，所以北側日照不佳，不受歡迎。

「那麼，聚集一些不在意日照的店就好了吧。」

在代理村長的指示下，夜晚的店集中到「五號村」的北側，主要是娼館和賭場。有了這些店家，周圍自然會開設餐飲店、酒館與旅店。

轉眼間就變熱鬧了。

此後，在五號村「去北邊」有了「找女人」的意思。

我開的店也是北側的店家之一。

是一間酒館兼娼館。

我原本在西邊的城鎮有家類似的店，但是因為和人類的戰爭而被燒掉了。

在那之後，我就帶著只能和我一起行動的女人們巡迴各地營業。

那是一段辛苦的日子。

聽說「五號村」的消息後決定來這裡，真的是太好了。

沒想到又能有自己的店。

我在代理村長大人面前抬不起頭。呃，雖然有感謝因素，但也有物理因素。因為那個人非常恐怖。

在這之前，我曾經見過各地的村長、鎮長、領主，以及在暗中掌控地方的狠角色；但是代理村長大人的恐怖程度，讓這些人一比之下就像小孩。

她是那種絕對不能對上眼的人。

只能低下頭等待命令。我的本能告訴我這麼做最安全。

不知該歸功還是歸咎於這種態度，我被選為管理「五號村」北側的十人——北側會的成員之一。

不是為了自家店舖的利益，這是個自主治理「五號村」北側的組織。

代理村長交代的事並不難。

「看管好大家，別給村裡添麻煩。」

僅此而已。

既然是夜晚的店，或者說提供酒和女人的店，當然麻煩就多。

醉漢鬧事、為了搶客人搶女人起爭執、金錢問題等都還只算小事。會出現勒索、詐欺、買賣可疑藥物，甚至是交易非法物品等狀況。

為了避免這種麻煩變嚴重，各店會公開帳目，並且警告惡質店家。假如對方無視警告，就要聯絡警衛。

到目前為止，已經有不少店家因此關門。

明明只要正當營業就能賺不少，真是一群笨蛋。

某天，北側會有人提議。

說是要決定代表。

在這之前都是合議制。不過，北側會成員各自都有店鋪，彼此也是競爭對手。經常因為利益衝突導致事情沒辦法討論下去。

此外，要十人到齊也很難。

因此提議者說，將權力集中到北側會的一名代表身上，剩下九人則負責監督那位代表如何？

我認為這主意不壞。

老實說，北側會的工作很辛苦。如果只需要管理自己的店還好，但我們的眼光必須放到整個北側才行。要操心的事也很多。

如果只需要監督倒是再好不過……但這件事稟告代理村長了嗎？擅自決定體制沒問題嗎？……她已

經說營運部分讓我們自由決定？好，問題解決。

我贊成決定代表。

其他成員也都贊成。果然很辛苦呢。

最後代表由抽籤決定。

籤沒有做假。我已經檢查了一次又一次。

不過，為什麼會是我……讓人不得不抱頭叫苦。

旁邊的成員溫柔地拍拍我的肩膀。

你願意代替我嗎？

對方逃了。

總而言之就當成嘗試，任期一年。

好吧，既然如此，那我一定要平安地結束它。

目前北側會僱用了大約五十個人。

為了解決麻煩和蒐集情報。

只不過這五十人雖然都是北側會各成員推薦的……但多半是小孩和婚後辭職的女性。

不適合解決麻煩或蒐集夜店情報。不，他們很努力，但是力量不足。以物理上的力量來說。
為什麼沒有男性來應徵？雖然我們的確沒有大張旗鼓徵人就是了……
變成我自己必須一有空就去巡邏，這令我不禁重重嘆氣。
不得已，我只好自己也去找人。
瞧，正好有個不錯的男人。看上去二十來歲的男性。
在許多店家關門的白天時段晃來晃去。
他是第一次來到這一帶嗎？這並不稀奇。
旅客和新居民聽到北側的傳聞後都會來一趟。
換句話說，對於這裡的人來說他還面生。
我想挖角這樣的男人當部下，幫我幹活。
挖角的過程很簡單。
邀請人家到我的店裡，稍微拜託一下而已。我不會威脅人家，只是談談待遇方面的話題。
不過嘛，我會將店裡前兩名的紅牌安置在他的左右兩側。
呵呵呵，休想逃走。

我先前想挖角的男性，其實是「五號村」的村長。
雖然看起來只是個普通農家的次子，不過他是村長。

那位代理村長朝村長深深低下頭。
……完蛋了。
我原本這麼想，村長卻勉勵我。
「今後『五號村』的安全也要拜託你了。」
哦哦，居然如此寬大。非常感謝您。
可是村長，您為什麼會一個人出現在那種地方？呃，只要您交代一聲，我就會將女性帶過去呀？
如果您要找那時坐在兩邊的女孩子，我馬上就帶來。哈哈哈，不用客氣也……我看著村長。
他臉上掛著笑容，眼裡的拒絕意志卻十分堅定。
這就沒辦法了。儘管很遺憾，不過還是死心吧。
多餘的野心會自取滅亡。
能得到他的稱讚已經夠了。

於是我準備從代理村長宅邸離……不開。
多位女性圍住我。
咦？這是怎樣？不是要誘惑我對吧？因為我能感受到殺氣嘛。
「聽說你把村長帶去不正經的店？」
「哦？所以呢，村長對怎樣的女孩子感興趣呀？」

「請詳細地告訴我們。」

……

我的名字叫羅卡波。

在檯面下管理「五號村」北側的人。

希望一年任期儘快過去。

或是監督們要求我辭職，我等你們。

3 「五號村」的產業發展計畫　第二彈

會議繼續。

「由於將夜晚的店集中在北側，使得治安有一定程度的回升，居民的評價也很好。」

所謂夜晚的店，就是情色場所。這些店家似乎在陽子的指示下，集中到了北側山坡。我認為是個好主意。

「不過，店家對於禁止拉客這一點表示不滿。」

嗯嗯……

禁止拉客是我的提議。如果只是搭話倒沒問題，不過實際上大概有一半會強行把人帶到店裡。

這樣實在不行，所以我才會提議……這樣啊，不滿嗎？

「如果不拉客，客人就不知道他們是怎樣的店，會造成困擾。」

……原來如此。這麼說來也對。

雖說是夜晚的店，店面裝潢卻也沒有明確的規矩。要從店鋪的外觀判斷是不是和女孩子玩的店並不容易，識字的人也少。所以才需要拉客啊？

嗯……原來有必要啊。

這個提議還真是對不起他們了。

……慢著、慢著。

招牌不止文字吧？也有畫了圖或是有雕刻的招牌呀？另外，也有將金屬加工而成的立體招牌等。

「畫師、雕刻師和金屬匠很忙，招牌完工的速度跟不上。」

是，非常抱歉。

目前這件事就先以發下「五號村」準備的店種顯示看板來處理。

製作招牌的速度都跟不上了，誰來製作這些店種顯示看板？我來是吧？了解。

・酒館

・情色場所

・酒館兼情色場所
・賭場
反正也不需要特別設計，以我現在的技術和「萬能農具」來製作，雕出一張應該用不到五分鐘吧。
每種有個二十張左右就行了吧？
…………
人家表示，考慮到備用品，每種需要一百張。至於情色場所，就算弄個兩百張也不成問題。
「五號村」居民的職業，是不是太偏啦？呃，也對，這種人大概比較容易搬遷就是了。
總而言之，由我親手製作招牌一事打住。
我找上加特，拜託他做烙鐵。
至於我要做的，則是準備按上烙鐵的板子。這麼一來，我的作業連一小時都花不到。
需要注意的，就是這並非營業許可證，而是正式招牌到來之前的代用品。
這點希望能澈底執行。
說到北側斜坡，記得有羅卡波在。
根據陽子的介紹，這個男人負責管理「五號村」的「夜晚的店」，但是他看起來只是個普通的商店大叔。

不過，我也被當成一般人挖角，算是彼此彼此吧。

當時還真令人頭痛。

我來「五號村」交貨時，被突然傳來的貓叫聲吸引到北側山坡。

不是為了和貓玩，而是在想能不能當村裡那幾隻小貓的伴侶。不過很遺憾，那是隻母貓。

之後，以護衛身分和我一同前來五號村的高等精靈們，用客氣的口吻和笑容提醒我。好恐怖。

這麼說來，不知道為什麼從那天起，「大樹村」變得流行戴上貓耳呢。獸人族則是神情複雜。

「在南側山坡，鋪設了以商店為中心的街道，十分熱鬧。」

問題在於，物價似乎開始上漲。

這是因為供給趕不上需求。

我們已經以戈隆商會為中心採取對策，差不多夏天應該就會安穩下來了吧。

「還有，五君(Five)很受歡迎。有店家擅自販賣相關商品。」

五君。

我提議的「五號村」吉祥物。

帥氣路線的評價會依個人喜好出現嚴重落差，所以採用大家都喜歡的可愛型。

向座布團解釋並請牠幫忙製作，花了我很大的力氣。

從感覺像直接穿上熊皮的試做一號到現在的模樣，是一條漫長的路。

雖然布偶裝的功能沒問題，但是造型方面起了爭執。

這是一場高等精靈、獸人族與鬼人族都參與的大決戰。真的很累人。

命名也吵了一陣子，最後定案為五君。

雖然在我看來，五君和五先生都一樣就是了。

儘管剛在「五號村」出道時，讓大家以為是新種魔物而有所提防；不過隨著時間過去，大家也就接受了。

或許是多虧了用英雄秀讓大家認識五君的關係。

五號村祭的公演，讓烏爾莎、古拉兒與阿爾弗雷德非常興奮。

縱使表演非常成功，令人心滿意足……卻沒想到會有人擅自製作商品呢。畢竟這裡沒有什麼著作權的概念，要說當然也是理所當然吧。

「要取締嗎？」

不，放著別管。

這也是受歡迎的證明。

不過，如果有店家販賣明顯做得很差的商品，或是訂高價敲竹槓，則給予口頭警告。

「了解。還有，好幾間商會詢問是否能增加五君的數量。」

目前五君的布偶裝有三套，但是活動的只有一個。

這是我訂的規矩，或者該說五君只有一人。增加數量免談。
「他們還說，店家那邊可以安排五君裡的人喔？」
裡面沒有人！
還有，不允許五君的冒牌貨。要是出現就取締。
「村長，可以邀五君去『夏沙多市鎮』嗎？」
麥可先生詢問。
將來或許會去，不過暫時只留在「五號村」。
而且，「夏沙多市鎮」應該不需要仰賴五君，自己創造個什麼角色不就好了嗎？
「因為有代官在，不方便擅自製作『夏沙多市鎮』的吉祥物。」
不用拘泥於城鎮吧？
可以做個什麼戈隆君或小戈隆，當成戈隆商會的吉祥物。
聽到我的意見，麥可先生和他旁邊的馬龍面面相覷。你們沒注意到嗎？
不過，要讓大家接受吉祥物可是很費力氣的喔。
如今受歡迎的五君，也曾經被小孩子們粗魯地對待。
「我們會盡力而為。還有，關於布偶裝，想拜託您幫忙製作……造型設計也包含在內。」
……
製作我可以接下，不過造型要由戈隆商會提供。

我希望短時間內不需要再看到大決戰。

4 「五號村」的產業發展計畫 第三彈

稍事休息之後，會議繼續。

「關於『五號村』的農業，農地已經確保了。不過，正式的農業活動要等到明年以後，今年希望能專心培育土壤。」

這是理所當然的步驟，沒問題。

不，應該還是有問題。

「五號村」目前的農業自給率相當低。

由於必須經常向外界採購糧食，所以請戈隆商會幫忙。

雖然覺得這樣下去不行，但這部分實在是不得已。

畢竟培育土壤很重要嘛。

……試著用迷宮薯如何？那玩意兒枯掉之後，會變成很好的肥料吧？啊，已經在弄啦。不好意思。

「畜產部分的牛、羊、山羊、豬與雞已經正式開始。現階段來說飼養方面沒有問題，但是要發展到可以供應『五號村』還需要數年。」

這也是理所當然，畢竟是生物嘛。

「目前預定以向外界採購，還有用冒險者們獵到的魔物與魔獸來應付。」

向外界採購……這部分也對戈隆商會造成負擔了呢。真是抱歉。

對於我的謝罪，麥可先生表示「有賺頭所以沒關係」。真是幫了大忙。

冒險者們有問題嗎？

「『五號村』附近已經看不見魔物與魔獸，這點和預期的一樣。現在是讓他們以往北約六小時路程的地方為主要狩獵區。」

往北六小時？冒險者要從那邊將魔物和魔獸的肉帶回來嗎？還真辛苦啊。

「不，我們已經設置臨時的收購所。冒險者只需要把肉送到那邊，因此應該可以減輕負擔。」

原來如此。

「冒險者們表示，希望能在收購所建造餐廳、酒館和旅店。」

我雖然不知道收購所的事，不過冒險者們希望在森林裡有個能安全吃飯、睡覺的地方，這點我也有所耳聞。主要是聽格魯夫、達尬與畢莉卡說的。

至於我告訴他們的解決辦法，就是露營馬車。

餐廳、酒館和旅店的功能不可能全部裝進一輛車，所以要分割。

另一方面也是為了減少所需馬匹的數量，因此以小型化為目標。

載有烹調設備的料理馬車，再加上糧食馬車和水馬車，就能發揮餐廳的功能。

然後是以販賣酒類為主的酒館馬車。

這種馬車主要功能不是在車內飲酒，而是運酒，所以加了防止酒掉落的措施。喝酒請在外面喝。

最後，則是放了床鋪的房間馬車，一輛能讓兩人睡。

這種車一輛想必不夠，所以準備了十輛。

儘管以冒險者的數量來看顯然十輛也不夠，但也不可能準備很多輛。

至於沒辦法利用房間馬車的人，則安排了載有帳棚和露營裝備的馬車。另外還有附淋浴設備的淋浴馬車。

希望大家靠這些忍一忍。

糧食馬車和水馬車需要不止一輛，所以總共需要二十輛，但我們還是準備了。已經準備好了。多虧山精靈們的努力。

要是立刻拿去有魔物與魔獸的森林使用卻碰上問題可就麻煩了，因此目前這些馬車正在「五號村」的山頂測試。

格魯夫、達尬、畢莉卡，以及畢莉卡的弟子們，之後應該會提供感想。

基於他們的感想進行改良之後，就會正式採用。

如果冒險者們能夠因此多解決一些魔物與魔獸以確保肉類，那就再好不過。

不過就算是這樣，糧食依舊得仰賴戈隆商會。

畢竟是剛建立的新村子，會這樣要說不得已也是沒錯……

話說回來，這樣沒問題嗎？

「什麼事？」

對於我突如其來的疑問，麥可先生給了回應。

直到不久之前，其他地區都還有缺糧問題吧？

「魔王國」四天王之一荷利用迷宮薯在各地進行農地改造，擺脫了缺糧問題。

然而，畢竟不久之前還為糧食危機煩惱。既然如此，大家難道不會不想賣嗎？價格方面有沒有委屈你們？

「沒有這回事。看見迷宮薯效果的農村與商人擔心今年收成後價格崩盤，因此紛紛趁現在兜售。」

原來如此，豐收也不見得大家都開心啊？值得好好思考。

「不過嘛，為了不讓糧價輕易崩盤，『魔王國』也有採取行動喔。」

比傑爾注意到麥可先生的眼神點了點頭。

「雖然藍登大概會胃痛就是了。」

哈哈哈。改天碰上藍登時對他好一點吧。

不過，這麼一來……

「大樹村」的作物價格也會下滑?

「不不不。『大樹村』的作物依然保有作為高級食材的價值。生活上有餘力的人紛紛搶著要喔。」

麥可先生接著拜託我，千萬不要減少產量。

「就算增產也無妨。我會全部買下來。」

我考慮考慮。

「接下來是外交方面……這部分有請兩位精靈。」

樹王與弓王同時起立，向著我這邊鞠躬。

「請容我報告。我負責『五號村』東側，散落於東側各地的十七個精靈聚落，全都已經交出誓詞表示服從『五號村』。有部分地區發生戰鬥，不過已經鎮壓。損害為六人負傷，沒有死者。」

「我負責『五號村』西側。散落於西側各地的二十二個精靈聚落，全都已經交出誓詞表示服從『五號村』。這邊沒發生戰鬥。矮人法諾先生事前幫忙聯絡過，應該是聯絡有成。」

……怪了?這是外交對吧?誓詞是什麼?覺得奇怪的只有我嗎?

我看向旁邊的陽子，陽子點點頭，向兩人確認。

「兩位幹得好。還有其他精靈可能與我們為敵的地方嗎?」

……陽子，不對。不是這樣。

所謂的外交，應該是「大家好好相處」吧?精靈如果不分清楚上下關係就沒辦法交涉?他們基本上瞧不起別人……聽到陽子的說明，我看向樹王和弓王。

「說來慚愧，正是如此。」

「只要分出高下，就會變得順從。」

…………

仔細一想，莉亞之後的其他高等精靈來到村裡時，也是這種感覺？嗯……

「所以呢，有可能與我們為敵的地方是？」

「是。雖然離這裡相當遙遠應該不成問題，較為有名的包括基古森林的槍王、高鳥森林的風王，再來就是自稱精靈帝國的勢力。」

……精靈帝國？

「精靈聚集於一座島上建立的國家，不在大陸上。至於細節……非常抱歉。」

樹王說完，比傑爾接著補充：

「從『夏沙多市鎮』搭乘商船往西南方航行大概十五至二十天航程的地方有座大島，聽說大約有五千名精靈在那裡生活。他們不在『魔王國』支配下，保持獨立，不太和外界來往。」

既然不和外界來往，那就放著別管。嗯，什麼準備戰船之類的就免了。我們沒有要進攻人家。

另外兩個地方呢？

……在「好林村」的東北啊？

原來如此，確實很遠。這邊也放著別管。

……怪了？這一帶，不就是之前冒出不死生物的地方嗎？有關嗎？還是無關？改天問問看始祖大人吧。

「最後，村裡的居民提出幾個建議。」

說來聽聽吧。

「既然發展得這麼大，希望別稱為村子，改叫城鎮。這點來到村裡的旅客和商人也提過，他們都說自己被騙了。」

我可沒有要騙人的意思就是了。

只是臨時名稱「五號村」就這麼沿用的結果。

畢竟村子會擴張到城鎮的規模，也在意料之外。

不過，既然有問題就換掉吧。

要把名稱改為「五號鎮」也行，甚至不需要拘泥於五。如果對於城鎮名有好主意就說來聽聽。

…………

好，沒人發言。

啊，陽子舉手了。請說。

「之前在村議會曾經討論過這些……許多人支持『火樂鎮』這個名字。用這個行嗎？」

駁回。

城鎮冠上自己的名字會讓人覺得很不好意思。要是命名為「陽子鎮」，陽子妳會覺得無所謂嗎？

……看來沒錯。陽子表示不介意。還真有膽識啊。

「如果要將『五號村』這個名字改掉，誓詞就得全部重寫才行……」

這是樹王和弓王的意見。

「因此增加的文書工作也會堆得像山一樣高。」

這是文官少女組的意見。

我是個會選擇安穩方法的男人。

「將山頂當成『五號村』，側面山坡與山腳則是『五號鎮』。」

行政機關對外署名時使用「五號村」。

「請這麼告訴居民們。」

之後大家應該會用自己喜歡的稱呼吧。這麼一來就沒問題了。希望沒問題。

在那之後，會議又討論了許多事。

一直到傍晚才結束，真累。

閒話　偶然

什麼地方都會有多事的傢伙。

神的世界也不例外。

「你說有神覺得無聊，把分身送往地面？」

哪來的笨蛋啊，真是的。

不，不用多說了。

那傢伙的行動無視了父親的意向，想來父親已經親手給予消滅處分了吧。這也可以說是理所當然的結果。

而且，我無法理解怎麼會做出違逆父親這種事。

我的名字叫奧莉安瑟妮。

自認是一名忠於創造神父親的女兒。

好啦，現在問題是那個送往地面的分身。

那傢伙原本只是個小神，分身力量應該很微弱……不過儘管沒辦法撼動世界，要毀滅一個國家倒還可以。

真會惹麻煩。

趕快找出來，然後回收……做不到吧。

按照規定，我們神不能降臨地面。要回收分身……非得等到分身死亡不可。

因為沒有直接殺掉他的方法。唉，真是討厭。

焦躁也無濟於事，總之先把分身找出來吧。

畢竟不曉得會怎麼樣嘛。

假如發生最糟糕的情況——世界毀滅，就當成營運其他世界的參考。

雖然父親很中意這個世界，但我也是千百個不願意。

我叫來部下，開始搜索分身。

沒想到會以這種形式干涉父親中意的世界。

話說回來，父親是中意這個世界的什麼地方呀？

沒花多少時間就找到分身了。

不會錯。

唔，為什麼會變成那副模樣啊？

他應該很明白，外表沒辦法瞞過我們的眼睛。

為什麼要這麼做？還是單純的偶然？就算變得很可愛，我也不會放過你喔。

畢竟就算是分身，依舊具備能消滅周遭存在的神力嘛。

怎麼看都是邪惡。

……怪了？

那個邪惡的存在被抓住了。

怎麼啦？出了什麼事？

邪惡存在的神力消失了？不，失效了？

怎麼做到的？那個男的是什麼人？葛萊姆？農業神姊姊那把？

那不是小神的分身等級嗎，根本違規了吧？啊，不，葛萊姆是神具所以過關？居然鑽規則上的微妙漏洞！

是誰！是誰送葛萊姆下去的！

還有，那個能夠隨意運用葛萊姆的男人……………有父親的庇佑？

呃……該怎麼辦。

啊，只能旁觀。感覺坐立難安。我想要簽名啊！

總、總、總而言之，先看情況吧。

他抓到邪惡的存在想幹什麼……盯著胯下？確認性別嗎？然後，他重重地嘆了口氣。

他很失望！

雖然不明白理由，但似乎不是他想要的性別！

邪惡的存在也遭受打擊！

噗哈哈哈哈哈！

……邪惡存在和我一樣是女性，那個男人討厭女性？

邪惡存在化身為貓的模樣。

雪白的母貓。

雖然無從知悉牠在想什麼……不過邪惡存在已經失去力量，成了單純的貓。

那副德行已經什麼都做不了，只能以貓的身分度過一生。

封印好像是葛萊姆幹的。

沒有寬容到能夠饒恕邪惡存在嗎？不愧是姊姊的神具。

還有，運用葛萊姆的男人在場，是父親策劃的嗎？

不愧是父親。

總而言之，這場原本以為會是個麻煩的意外，順利解決了。

我命令部下撤離。

…………

雖說是父親的策畫，但是對於那個致力解決問題的男人，還是得給予獎賞啊。

我賜下些許庇佑，祝他武運昌隆。

我的名字叫奧莉安瑟妮。

戰神之一是也。

日後。

姊姊笑我的庇佑派不上用場，讓我大受打擊。

連父親都在笑，太過分了！

Farming life
in another world.
Presented by Kinosuke Naito
Illustration by Yasumo

07

登場人物辭典

Characters
Isekai Nonbiri Nouka

◉人類

【街尾火樂】
穿越者暨「大樹村」村長，在異世界努力從事過去夢想的農業。

NEW **【畢莉卡·溫埃普】**
年紀輕輕就拜入劍聖門下。展現才華後，因為道場出了麻煩而成為道場主人。為了擁有與劍聖稱號相符的強大，正在修練劍術。

◉地獄狼族

【小黑】
村內地獄狼的代表，也是狼群的首領。喜歡番茄。

【小雪】
首領的伴侶。喜歡番茄、草莓與甘蔗。

【小黑一／小黑二／小黑三／小黑四　其他】
小黑跟小雪的孩子們，排行一直到小黑八。

【愛莉絲】
小黑一的伴侶。優雅恬靜。

【伊莉絲】
小黑二的伴侶。個性活潑。

【烏諾】
小黑三的伴侶。應該很強。

【耶莉絲】
小黑四的伴侶。喜歡洋蔥。性情凶暴？

【吹雪】
小黑四與耶莉絲的孩子。是變異種的冥界狼。全身雪白。

【正行】
小黑二與伊莉絲的孩子。有多位伴侶，是隻後宮狼。

◉惡魔蜘蛛族

【座布團】
村內惡魔蜘蛛的代表，負責製作衣物。喜歡馬鈴薯。

【座布團的孩子】
座布團所生的後代。一部分會於春天離家旅行，剩下的留在座布團身邊。

【枕頭】
座布團的孩子。第一屆「大樹村」武鬥會的優勝者。

◉諾斯底蜂種

【蜂】
村裡飼養的蜜蜂。與座布團的孩子維持共生（？）關係，為村子提供蜂蜜。

◉吸血鬼

【露露西·露】
村內吸血鬼的代表，別名「吸血公主」。擅長魔法，喜歡番茄。

【芙蘿拉・薩克多】
露的表妹。精通藥學，正在努力研究味噌與醬油。

【始祖大人】
露和芙蘿拉的祖父。科林教的首領，被信徒稱為「宗主」。

鬼人族

【安】
村內鬼人族的代表兼女僕長。負責管理村裡的家務。

【拉姆莉亞斯】
鬼人族女僕之一。主要負責照顧獸人族。

天使族

【蒂雅】
村內天使族的代表，別名「殲滅天使」。擅長魔法，喜歡黃瓜。

【格蘭瑪莉亞／庫德兒／可羅涅】
蒂雅的部下，以「撲殺天使」的稱號聞名。不時要負責抱著村長移動。

【琪亞比特】
天使族族長的女兒。

【蘇爾琉／蘇爾蔻】
雙胞胎天使。

蜥蜴人

【達尬】
村內蜥蜴人的代表。右臂纏有布巾，力氣很大。

【娜芙】
蜥蜴人之一。主要負責照顧二號村的半人牛族。

高等精靈

【莉亞】
村內高等精靈的代表，以旅行兩百年所培養出的知識，負責村子的建築工作（？）。

【莉絲／莉莉／莉芙／莉柯特／莉婕／莉塔】
莉亞的血親。

【菈法／菈莎／菈露／菈米】
跟莉亞她們會合的高等精靈。

【菈菈薩】
菈法她們的血親。擅長製作木桶。

加爾加魯德魔王國

【魔王加爾加魯德】
魔王。照理說應該很強才對。

【比傑爾・克萊姆・克洛姆】
魔王國四天王之一，負責外交工作，封伯爵。勞碌命。傳送魔法使用者。

【葛拉茲・布里多爾】
魔王國四天王之一，負責軍事工作，封侯爵。雖是軍略天才卻喜歡上前線。種族是半人牛。

【芙勞蕾姆・克洛姆】
村內魔族暨文官少女組的代表。暱稱「芙勞」，是比傑爾的女兒。

【優莉】
魔王之女。擁有未經世事的一面。曾在村子住過幾個月。

【文官少女組】
優莉與芙勞的同學兼朋友。在村裡擔任芙勞的部下非常活躍。

【菈夏希・德洛瓦】
文官少女其中之一，是魔王國德洛瓦伯爵家的次女。主要負責照顧半人馬族。

【荷・雷格】
魔王國四天王之一，負責財務工作。暱稱「荷」。

◎龍

【德萊姆】
在南方山脈築巢的龍，別名為「守門龍」。喜歡蘋果。

【葛菈法倫】
德萊姆的夫人，別名「白龍公主」。

【拉絲蒂絲姆】
村內龍族的代表，別名「狂龍」。是德萊姆和葛菈法倫的女兒。喜歡柿餅。

【德斯】
德萊姆等人的父親，別名「龍王」。

【萊美蓮】
德萊姆等人的母親，別名「颱風龍」。

【哈克蓮】
德萊姆姊姊（長女），別名「真龍」。

【絲依蓮】
德萊姆姊姊（次女），別名「魔龍」。

【馬克斯貝爾加克】
絲依蓮的丈夫，別名「惡龍」。

【海賽兒娜可】
絲依蓮和馬克斯貝爾加克的女兒，別名「暴龍」。

【賽琪蓮】
德萊姆的妹妹（三女），別名「火焰龍」。

【德麥姆】
德萊姆的弟弟。

【廓恩】
德麥姆的妻子。父親是萊美蓮的弟弟。

【廓倫】
賽琪蓮的丈夫。廓恩的弟弟。

【古拉兒】
暗黑龍基拉爾的女兒。

【火一郎】
火樂與哈克蓮的兒子。人類與龍族的混血。

【基拉爾】
暗黑龍。

◎古惡魔族

【古吉】
德萊姆的隨從，也是相當於智囊的存在。

【布兒佳／史蒂芬諾】
古吉的部下。現在擔任拉絲蒂絲姆的傭人。

◎惡魔族

【庫茲汀】
四號村的代表。村內惡魔族的代表。

◎獸人族

【格魯夫】
好林村的使者。照理說應該是一名很強的戰士。

【賽娜】
村內獸人族的代表，從好林村移居至大樹村。

【瑪姆】
獸人族移民之一。主要負責照顧樹精靈族。

長老矮人

【多諾邦】

村內矮人的代表。最早來到村裡的矮人，也是釀酒專家。

【威爾科克斯／庫洛斯】

繼多諾邦之後來到村子的矮人，也是釀酒專家。

夏沙多市鎮

【麥可・戈隆】

人類。夏沙多市鎮的商人，戈隆商會的會長。極其正常的普通人。

【馬龍】

麥可先生的兒子。下任會長。

【提特】

馬龍的堂弟。戈隆商會的會計。

【蘭迪】

馬龍的堂弟。戈隆商會的採購。

【米爾弗德】

戈隆商會的戰鬥隊長。

？？？

【阿爾弗雷德】

火樂與吸血鬼露所生的兒子。

【蒂潔爾】

火樂與天使族蒂雅所生的女兒。

山精靈

【芽】

村內山精靈的代表，是高等精靈的亞種（？）。擅長建築土木工程。

半人蛇

【裘妮雅】

南方迷宮統治者。下半身為蛇的種族。

【絲涅雅】

南方迷宮的戰士長。

半人牛

【哥頓】

村內半人牛族的代表，是身軀龐大而且頭上長牛角的種族。

【蘿娜娜】

派駐員。魔王國四天王之一的葛拉茲為她著迷。

半人馬

【古露瓦爾德・拉比・柯爾】

村內半人馬族的代表。是一種下半身為馬的種族，腳程飛快。

【芙卡・波羅】

雖是男爵，卻是個小女孩。

樹精靈

【依葛】

村內樹精靈族的代表。是一種能變成樹椿和人類模樣的種族。

其他

【史萊姆】

在村子裡的數量與種類日益增加。

【牛】

分泌牛奶，不過牛奶產量不像原世界的牛那麼多。

【雞】

提供雞蛋，不過雞蛋產量不像原世界的雞那麼多。

【山羊】
分泌山羊奶。一開始性格狂野，但後來變乖了。

【馬】
為了讓村長移動用而購買的。對古露瓦爾德抱持競爭意識。

【酒史萊姆】
村內的療癒代表。

【死靈騎士】
身穿鎧甲的骷髏，帶著一把好劍。劍術高手。

【土人偶】
烏爾莎的隨從。總是努力打掃烏爾莎的房間。

【貓】
火樂撿回來的貓。充滿謎團的存在。

●大英雄

【烏爾布拉莎】
暱稱烏爾莎。原為死靈王。

●巨人族

【烏歐】
渾身長滿毛的巨人。性情溫厚。

●墨丘利種（人工生命體）

【葛沃・佛格馬】
太陽城城主輔佐。初老。

【貝爾・佛格馬】
種族代表。太陽城城主首席輔佐。女僕。

NEW【阿薩・佛格馬】
太陽城城主的專屬管家。

NEW【芙塔・佛格馬】
太陽城的領航長。

NEW【米優・佛格馬】
太陽城的會計長。

●九尾狐

【陽子】
活了數百年的大妖狐。據說戰鬥力與龍族相當。

【一重】
陽子的女兒。已經誕生百年以上，不過還很幼小。

Farming life
in another world.
Presented by Kinosuke Naito
Illustrated by Yasumo

後記

我體驗到了流行性感冒。原本以為自己要死了，不過還活著。
發病之後大約有五天沒辦法好好吃東西，只能攝取水分。
但是，身體可以正常活動。人類這種生物意外地能撐啊。
不過，體重減少了大約十分之一。人類好像不消耗什麼東西就沒辦法活下去。
這回消耗的似乎是脂肪。這讓我覺得幸好自己夠胖。

……咦？這不是能用來減肥嗎？
開玩笑的。我不想體驗那種痛苦第二次。各位，外出歸來時請洗手、漱口，預防感冒和流感吧。
我也會牢記這點乖乖照做。

去年年底，我租了一間公寓的套房搬出去住。
我雖然也有點年紀了，不過之前都是住在家裡，這是人生首次獨居。
於是我知道了租屋的麻煩、獨居的辛苦，以及花錢的速度。
尤其是最後那項花錢的速度，令人為之驚愕。那個也不夠、這個也不夠，就在人不知所措時，花費已經遠遠超出事前預期的金額，錢不斷往外流。

可能也因為我是把新家電一次買齊，導致花錢的感覺麻痺，但是錢真的花得非常快。比預期中更快、更確實。錢很重要，非得努力不可。

都談錢的話題也不好，我想在此介紹一下獨居的優點。

上廁所和洗澡不用等。以上。

獨居的缺點，就是料理、打掃與洗衣全都要一個人來。採購食材之類的事情也得自己來。廁所衛生紙也不例外。

開頭寫的流行性感冒那陣子，我好幾次想叫救護車，卻又擔心剛租的房間空著沒人，於是放棄了。

雖然沒叫救護車還是保住了一命，不過這麼一來……大概變成給房東添麻煩的房客了吧。

……………

我會在顧及健康的情況下，努力處理下一本。改天再會吧。

對了、對了，減掉的體重已經順利恢復了。不行啊～

內藤騎之介

Farming life
in another world.
Presented by Kinosuke Naito
Illustration by Yasumo

Post Script

我是負責插畫的やすも。
這回也畫得很開心！

作者　內藤騎之介

Kinosuke Naito

大家好，我是內藤騎之介。

一顆在情色遊戲農田裡收成的圓滾滾鄉下土包子。

過著有大量錯字漏字的人生。

還請多多指教。

插畫　やすも

Yasumo

有時玩遊戲，有時畫圖。

是一位插畫家。

希望自己能創作出更多元的題材。

異世界悠閒農家

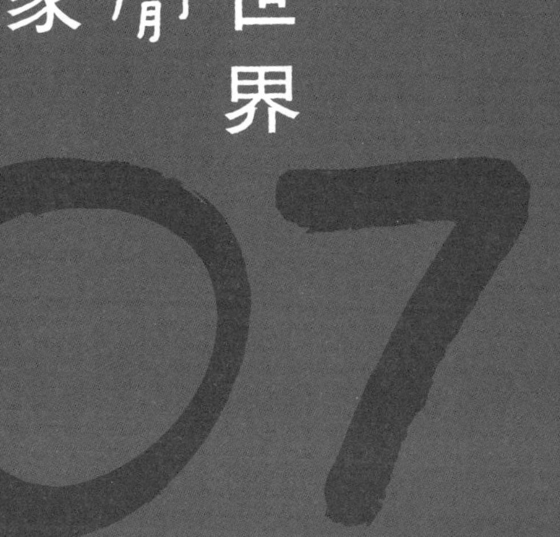

陽子與米兒的下集預告閒～聊

我乃陽子。圖看封面就好。

喵～

將這一集簡單地統整一下，就是「我大活躍。精靈惹事。」了吧。

喵～喵～

嗯嗯嗯，不需要那麼讚賞我的活躍。

喵、喵喵喵～

我知道、我知道。精靈真的幹不出什麼好事。

喵喵喵喵喵喵——！

怎麼啦？喔喔，這樣啊，想要這條烤魚是吧？拿去吃吧。

嚼嚼……

即將發售！

Next
Farming life
in another world.

妳就這麼邊吃邊聽吧……為什麼如此活躍的我，會是和米兒搭檔啊？

如果是從封面選人，選村長也好啊。

呃，並不是我對村長有什麼特別的感覺喔。嗯，真的不是。

哎呀，差不多得做下集預告了。

下一集妖精女王要登場嘍。

然後，獸人族男孩們要去魔王國王都的學園。

當然，也有我的戲分。敬請期待下一集吧。

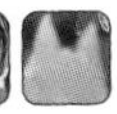

喵～

嗯，也有米兒的戲分喔。呵呵，妳們姊妹要有新妹妹了。

因為不是真正的夥伴而被逐出勇者隊伍，流落到邊境展開慢活人生 1~6 待續

作者：ざっぽん　插畫：やすも

危險逐漸逼近邊境都市佐爾丹！
即使周遭掀起騷亂，生活也絕對不會受到侵擾！

與神祕老嫗米絲托慕淵源匪淺的大國軍船及最強刺客襲來，佐爾丹面臨前所未有的危機；然而襲擊者們並不知道這個地方有一群世界最頂尖的勇者！雷德與露緹展現卓越的英雄能力，媞瑟對決系出同源的殺手，莉特更因為加護之力而獲得狼的感官能力！

各 **NT$200~220/HK$70~73**

打工吧！魔王大人 1~21（完）

作者：和ヶ原聰司　插畫：029

日本2021年宣布製作第二季電視動畫！
打工魔王的庶民派奇幻故事大結局!!

魔王與勇者一行人前往天界挑戰神明的滅神之戰最後將會如何發展!?勇敢追愛的千穗可否獲得幸福!?優柔寡斷的真奧到底情歸何處!?這群來自異世界的人能否繼續在日本安身立命過著安穩的生活呢!?平民風格的奇幻故事，將迎來感動的結局！

各 **NT$200~300／HK$55~100**

國家圖書館出版品預行編目資料

異世界悠閒農家/內藤騎之介作；Seeker譯. -- 初版.
-- 臺北市：臺灣角川股份有限公司, 2021.03-
冊；　公分
譯自：異世界のんびり農家
ISBN 978-986-524-283-1(第6冊：平裝). --
ISBN 978-986-524-697-6(第7冊：平裝)

861.57　　110000943

Kadokawa
Fantastic
Novels

異世界悠閒農家 7

（原著名：異世界のんびり農家 7）

２０２１年８月４日　初版第１刷發行
２０２２年12月２日　初版第２刷發行

作　　者：內藤騎之介
插　　畫：やすも
譯　　者：Seeker

發 行 人：岩崎剛人
總 編 輯：蔡佩芬
編　　輯：彭曉凡
美術設計：莊捷寧
印　　務：李明修（主任）、張加恩（主任）、張凱棋

發 行 所：台灣角川股份有限公司
地　　址：１０４台北市中山區松江路２２３號３樓
電　　話：（02）2515-3000
傳　　真：（02）2515-0033
網　　址：www.kadokawa.com.tw
劃撥帳戶：台灣角川股份有限公司
劃撥帳號：19487412
法律顧問：有澤法律事務所
製　　版：巨茂科技印刷有限公司
ＩＳＢＮ：978-986-524-697-6